因为喜欢 所以甘愿

THE WORLD HAS NEVER OWED

何善尼 著

江西美术出版社
全国百佳出版单位

图书在版编目（CIP）数据

因为喜欢，所以甘愿 / 何善尼著 . -- 南昌 : 江西美术出版社 , 2020.10
ISBN 978-7-5480-7776-3

Ⅰ . ①因… Ⅱ . ①何… Ⅲ . ①故事—作品集—中国—当代 Ⅳ . ① I247.81

中国版本图书馆 CIP 数据核字（2020）第 170543 号

出 品 人：周建森
企　　划：北京江美长风文化传播有限公司
策　　划：北京兴盛乐书刊发行有限责任公司
责任编辑：楚天顺　康紫苏
版式设计：阎万霞
责任印制：谭　勋

因为喜欢，所以甘愿
YINWEI XIHUAN，SUOYI GANYUAN

作　　者：何善尼
出　　版：江西美术出版社
地　　址：江西省南昌市子安路 66 号
网　　址：http：//www.jxfinearts.com
电子信箱：jxms163@163.com
电　　话：0791-86566124　　010-82293750
邮　　编：330025
经　　销：全国新华书店
印　　刷：北京柯蓝博泰印务有限公司
版　　次：2020 年 10 月第 1 版
印　　次：2020 年 10 月第 1 次印刷
开　　本：880mm × 1280mm　1/32
印　　张：7.5
ISBN 978-7-5480-7776-3
定　　价：39.80 元

序

我所理解的90后：我们不乖，但我们不坏

那天晚上我一个人在工作室录音，看到文中一句话：90后们已经长大，2019年最大的90后，已经29周岁了，是青年人啦！那一刻，我才后知后觉，原来我们已经不是小孩了！可不是嘛，人到了年龄就喜欢回忆，喜欢听怀旧的歌曲，喜欢翻看以前的老照片。

每个人都只能年轻一次，这真是人生最可悲的地方。不过想想，我们这代人啊，真的挺幸运的。

曾有90后写道："我们90后就是披着羊皮的野兽，也是穿着虎皮的小猫。我们就是帮人不需要道谢，揍人不需要道歉的90后。"我们这代人的不羁，曾让我们的父母和老师们大开眼界，他们不懂我们的不守规，不着道，也不懂我们某些生活方式。但其实我们也

常常为了工作赶夜车，我们也挑灯备考到深夜。我想我们被别人不屑的理由也许是我们曾对爱情数字密码和可爱淘的符号热忱，还有令人恼火的“火星文”。

80后要的是效率，90后要的是速率。很多厉害的90后成功了，80后的愤世嫉俗已经在现实中被打磨圆滑，他们越来越小心翼翼，越来越失去自我。而90后的我们哼着《征服》接过了时代的魔法棒，走在了时代的前列，慌慌张张，横冲直撞，却洒脱得让人窒息。

对于爱情我们信赖的是捉摸不透的感觉。责任和信任都必须百分之百臣服于我们这种不靠谱的感觉。我喜欢你，没理由；我讨厌你，也是没道理。我们就是依赖这种不着调的感觉，耗尽了我们大半个青春，只为生命中这样一个人、一份感情，真实地来过我们的全世界。

不过话又说回来，哪一代人的青春不曾迷茫和叛逆过呢？我们的内心会告诉我们，自己最应该做什么样的职业，选择什么样的伴侣、什么样的死党。

如果你问我，我们这代人最喜欢的是什么，我一定毫不犹豫地说：“钱！”我们努力、奋斗、摒弃杂念，辛苦工作，如果能多赚点钱有什么不好。我们只是敢于说出目标而已。我们这代人有点不乖，但是不坏。

各位！过多的话不说，谨以此书，献给我们90后这代人的青春，献给愿意一手托爱人，一手托世界，青春无悔，岁月安稳的各位。最后，感谢我的家人，感谢“善尼电台”的小耳朵们，感谢一路同行的各位朋友们！

何善尼

2019·仲夏

目录

Contents

PART1 因为喜欢

PART2 所以甘愿

PART1

因为喜欢

世界上有两种人，一种是活出自己特质的，一种是压抑了自己特质的。而灵魂伴侣就是那个可以和你一起进入琐碎的生活、疼惜你的独特、你的叛逆、你的反常、你的艰难的人。

大多数人的一生，从未尝试过让自己成为传奇，从未活出那种独特和唯一。也因此，从来没有真正疼惜过自己这个独一无二的生命，更无法体会什么是上天为他准备的那一个灵魂伴侣。

谁是你那一生中必须去找寻的灵魂伴侣？你一旦遇见，就如同遇见了一个相识千万年的生命，仿佛共同经历了数万次的轮回，仿佛彼此来到人世间就是为了等候对方！

最温暖的动作是拥抱，最美的情话是“过来抱抱”

前两天看了一个女孩离家出走的新闻。

我很难过，不管女孩因为何种压力选择离家出走，都会对父母造成很大的伤害。

我朋友静静曾经就离家出走过，这也是后来她认为自己做过的最愚蠢的事情。

小时候，我们都会觉得父母很忙，那个时候的我们不太理解为什么父母只顾着赚钱而不愿意陪陪我们。静静的妈妈是公司的高管，经常出差或者加班。小时候的静静认为妈妈不爱自己，她觉得妈妈最在乎的人是客户。

静静说妈妈错过了她人生中很多事情，她考了100分不知道向谁炫耀；她拿了奖状挂在房间的墙上，妈妈都不曾注意到，也没有给她任何鼓励和赞赏；甚至静静有了喜欢的男孩，和男孩约会，妈妈都全然不知。

妈妈每天都忙，有一次母女俩在外面吃饭，静静本想着妈妈终于有时间陪伴自己，可是一个电话过来，妈妈给了静静一些钱就离开了，她让静静自己玩儿，然后打车回家。

静静说，当时她站在原地，感觉自己像是没人要的小孩。

高中的时候，静静进入了叛逆期，她爱上了一个大家所说的“坏男孩”，男孩比静静大一些，不上学也没什么正经工作。一开始静静的妈妈不知道他们在交往。

后来，妈妈知道了，就把静静反锁在家中，不让她再和男孩有什么往来，甚至说了很多诸如静静不懂事、给她丢脸的话。

那时候静静本就叛逆再加上男孩的怂恿，而静静妈妈一直忙，根本不可能随时看着静静，所以静静就和男孩私奔离家出走了。

那个时候，离家出走的静静根本不考虑她走后家里会怎么样，爸妈会怎么样，只是想逃离这个没有爱又充满束缚的家。

他们坐火车去往另一个城市，她和男孩尽情地玩乐，觉得这才是自己想要的生活。不过很快他们就把带的钱都花光了，最后只能选择回家，不然在外边肯定得饿死。

回到家，爸妈都不在，邻居看到她，说：“你终于回来了，你爸妈都快急疯了，他们天天出去找你，天天以泪洗面，你妈妈班都不上了，头发都急白了！”

静静坐在家门口等待着，天色渐暗，她看到一个身影，她喊了一声妈妈，那个身影顿了一下，然后大步地冲了过来，静静以为妈妈要打她，她下意识地想躲开，妈妈却一把将她抱入怀里，然后就不停地哭，嘴里说着：“我以为你不回来了，妈妈好着急啊，你吓死我了！”

静静在妈妈怀里，看见妈妈的头发真的白了，她以前从来不信头发会突然变白，现在才知道原来是真的。

那一瞬间，从妈妈的拥抱中，静静感受到原来妈妈很爱她，她终于意识到离家出走的举动有多愚蠢。她好像一瞬间就懂事了，懂得了妈妈努力工作也是想给她更好的生活，她发誓以后再也不会做这样的傻事了。

作为父母，你们哪怕再忙也请记得给孩子更多关心与关爱，别等到失去才知道珍惜。有时候一个拥抱就能给爱的人很多温暖，如果此时家人在身边，请给他们一个拥抱吧，拥抱是这个世界上最美好的表达爱的方式，不需要任何言语，他就会知道你有多爱他。

拥抱到底有多大的力量呢？善尼的妈妈前段时间有些焦虑，因为她的服装生意收入惨淡，她担心不能给我更好的生活。

那段时间，我不管在外面多忙，回家多晚，都会给妈妈一个大大的拥抱，然后拍拍她的后背告诉她不用担心，儿子已经长大了，就算再苦再累，也可以自己养活自己，让她别再为钱操心。这样坚持一段时间后，妈妈终于恢复平静，可以安然入睡了，要知道最开始的几天，她几乎焦虑得彻夜难眠。

记得之前有个“最美情话”的选拔，待选的有“我爱你”“我养你”“我陪你”“别担心”“在一起”等。

但是我认为最美的情话是“过来抱抱”。

一对高中时期的情侣，毕业后分手，却在十年后的同学会再次相聚，彼此都已经有了新的生活。

男人先到，女人因为工作原因迟到了一小会儿，来到餐厅急急忙忙地随便找了个空位就坐下了，转头一看，却发现男人就坐在身旁。彼此相视一笑，女人有一丝害羞，突然就回想起了十年前初恋的感觉，那种淡淡酸酸的小心思。

女人小心翼翼地偷瞄男人，男人专心地听着舞台上班长发表的十年聚会感言，女人发现男人从十年前那个略带羞涩的少年成长为了一位成熟稳重的男人，一袭帅气的西装，脸上的轮廓更加清晰。瞄着瞄着，女人发现自己居然还有一丝心动，不过她知道，彼此是不可能再有故事了，说不定男人已经早有家室。

班长演讲完毕，酒席开始。有许多人来敬酒，女人平时不怎么喝酒，脸上有些为难，但还是举杯，男人默默地在她身前为她挡酒，也不管周围同学如何开玩笑说“十年啦，你们俩还是那么腻啊”，他只淡淡一笑喝掉所有酒。

吃完饭后，男人有些微醺但是还没有喝醉，走出酒店，男人叫来司机说送女人回家，自己还要留下和兄弟们聊聊。男人替她拉开车门，女人正准备上车的时候，男人轻轻地说了一句：“难道不拥抱一下吗？”

女人顿了顿，突然想起十年前两个人站在游乐场的摩天轮下面，他们面对面，男孩笑看着她，面带羞涩地说了一句：“过来抱抱。”

女人小心翼翼走到男人身边，轻轻的一个拥抱，相隔十年的距离，或许感受不同，但是那种温度却似曾相识。

男人在女人耳边说：“要照顾好自己，要多保重。”

女人点点头，眼泪突然就掉了下来，然后上车挥手说再见。汽车发动，女人转头看着站在原地的男人，他还是那样，说很少的话，但句句暖心。

女人在车上和司机聊天，司机说：“老板这么多年在外打拼都没有谈过恋爱，或许他心里的那个人就是你吧，我从来没有见过老板这样的眼神。”

女人没想到这么多年，男人居然还在等她，可是女人知道他们已经不可能了。而男人为什么没有在再次遇见时说出自己的感受，或许是看见女人手上戴着的订婚戒指吧。

这一次也许是人生最后一次相见，但就这样一个轻轻的拥抱，也算是好好说了再见，男人终于可以放下她去寻找新的幸福，往事就让它随风吧。

好久不见，但有的事情早已经物是人非，不如一个拥抱了却心中所有挂念，然后转身擦干眼泪重新上路。

拥抱是最好的重逢，也是最好的再见。

对爱的人不要吝啬一个拥抱，对过往的人也不要忘记拥抱后再说不见。

这是对爱的尊重，也是对过往岁月最大的敬意。

无论是亲情、友情还是爱情，拥抱都是表达爱最无声、最美好的方式。

几年前善尼见过一个外国的街头测试。

主持人在大街上随机选择路人，然后请求一个拥抱，所有被拥抱的人都露出了灿烂的微笑。

连陌生人的拥抱都拥有这么强大的力量，那你爱的人的拥抱是否更加温暖呢?

所以，过来抱抱吧，在这个繁杂的世界互相取暖、互相慰藉。

我经历过美好的爱情，所以不将就

有次跟朋友小A聊天。她说：“好想结婚啊，看闺密们都结婚了，去参加她们的婚礼，好幸福呀！到处都是鲜花，她们穿着白色的婚纱，灯光打在她们的脸上，反射出来的都是幸福的颜色。”然后一脸如痴如醉。

我看着她，眼睛笑成一条细线：“嗯，对啊，可是你对象都没有，怎么结？”

小A认真地看了看我：“要不就你吧，咱们凑合一下过呗。”

我沉默片刻，跟她讲了我大学里的恋爱故事。

其实人的一生中会有很多遗憾，很多人包括我自己都知道，时间会抚平一切，那些遗憾经过时间的洗礼，都会变得不那么重要。

所以很多遗憾我都可以让它们变成泡沫，但这件事情，一直在心里。虽然已经忘记了那个人的名字，忘记了她的微笑，却忘不掉那段幸福的时光，也许是因为那是我的青春吧。

可能到最后，我们忘不掉的不是曾经的那个人，而是在那段时光里经历的故事，看过的风景，听过的情话，说过的笑话。

在和你分开的日子里，我也接触了很多不同的女孩，有比你优秀的，有比你漂亮的，当然也有比你更爱我的。但是却都找不到年少轻狂时那种说不清道不明的感觉。

我曾经许诺过一些事，比如我说要在大学里和你拍一组结婚照片；比如我要给你一个很大的房子，养一只猫，养一只狗，养很多花花草草。

而现在，我有了很大的房子，有了花花草草，自己也穿上了西装，但身边已经没有了你。

我还记得你的梦想是成为一个作家，你写我录。而后来，我自己开始写作，自己录下来。我把你的梦想延续在了自己的身上。

每一对情侣的相遇都是一段故事。我和你是在舞台上相遇的，你是那场晚会的模特，我是晚会负责人，你说的第一句话是："嗨，你好，很高兴认识你。"晚会最后一项流程，是模特跟负责人一起从后台走出来亮相，那是我们的第一次牵手。

后来我参加了很多次的晚会，见过很多模特，做过很多次晚会负责人，但那种相遇，也许平生就只有一次。午后的阳光慵慵懒懒，图书馆里，你跟我说你最喜欢老旧书页的香味，你说每一本书都有自己独特的味道，每一本书里也都有一个特别的故事。

我们一起去过很多地方，看过很多风景。你送我的戒指，我一直戴着；你送我的项链，被我保管得很好。

常常在想，有一天，我们会不会在某个咖啡馆、地铁站，或是某个景点再次相遇，那个时候，我希望我会成为你想象的样子。

最近我所在的城市有点变冷/你手凉，冬天/我总会握着你的手/不知道何时少了一些温度/少了一些陪伴/

你会不会突然想起我/不知道你睡觉还会不会踢被子/你吃饭的时候会不会把米饭掉在饭桌上/每天我回到家里，打开房门/我会有一种时空错乱的感觉/仿佛，在这扇门的背后/会有你/微笑着为我守候/还记得吗/你说等我上班了/肯定会穿西装/到时候/每天帮我把西装熨得整整齐齐/把衬衣洗得干干净净/突然有一天没有人说早安晚安了/你会不会不习惯/你会不会在某天醒来/迷迷糊糊地发现/只有自己/没有其他温度/

我前几天喝了点酒/晕晕的/突然就想起在天台/一起喝酒/一起吃烧烤/迷迷糊糊地/我牵着一个女孩就走/我以为是你/因为我知道就算我喝得再醉/我也必须牵着你/必须保护你/后来发现/那不是你/

我和你经历过美好的爱情，一切都让我难忘，我记得我们一起养过的小猫、小狗的样子，但是，你的样子却有些模糊了。

也许，我怀念的是那一段认真爱过的自己，怀念的是那些年有过的快乐、幸福、难过和悲伤。

我经历过美好的爱情，所以我不能将就，所以我不相亲，我不那么渴望爱情，因为我知道，该来的那个人一定会在某个时间突然出现，笑着对我说："嗨，你好，很高兴认识你。"

我知道爱情当中所有的美好在哪里，痛苦在哪里，我知道怎么去对一个人好，我懂得爱情的责任，我每天努力让自己成为更好的自己，只是为了遇见更好的你。

听我讲完，小A的眼睛里有些湿润，可能是想起了她自己曾经的那个人。

是啊，现在的我们，彼此生活在不同的城市，过着不同的日子。而到了夜里，每个人内心最脆弱的时候，总是会想起那个遥远的人，感觉那些故事就好像是昨天发生的。但回过神来，才发现，哦，原来已经过去很多年了。

所以啊，我们经历过那么美好的爱情，不该是遗憾，它会沉淀为一种美好、一种幸福储存在我们心里，时时刻刻温暖着我们。所以我们不能将就，如果没有遇见，我们就好好成长，毕竟我们未来的那个人也在成长。

小A说："善尼，我想他了。"

我拍拍她的头说："傻瓜，你有过那么美好的爱情，以后不要再说什么凑合过了。你现在所经历的孤单，只是为了和将来要到来的美好做对比，让你更懂得珍惜。"

达文从事的行业是活动策划，平时经常会认识各种各样陌生的女孩。达文也不浪费自己的资源，经常给朋友们介绍对象，仅今年就已经促成了三对儿，有一对儿已经开始谈婚论嫁了。

可是达文却一直单身，那次公司聚餐，我好奇地问了他这个问题。

他却笑着说："也许这里的姑娘都不适合我。"

我很疑惑什么叫："这里的姑娘都不适合。"

他说他有个原则，他不喜欢会打麻将的姑娘。

原来他父亲是一个老赌棍，曾经他的家庭条件很好，却被他父亲赌没了，甚至让整个家庭背负巨额债务。达文工作后才慢慢还清了所有债务，家里才有点起色。

所以他只要知道姑娘喜欢打麻将，哪怕是玩玩，对达文来说，也是绝对不可能再继续发展了。

我说："达文，你这也太讲究了，会打麻将的姑娘不一定会像您父亲那样吧，如果喜欢，还是可以试试。"

达文却说不行，说这已经变成了他的原则，或许看起来有些固执，可是他确实无法和爱打麻将的姑娘在一起。

为什么达文说"这里的姑娘都不适合"他，是因为我们身在四川，这里几乎人人都会打麻将。

前几天有一篇很火的文章，说的是父母离婚的原因，就是因为父亲向母亲养的花里弹烟灰。

我们一直都在说感情的事情不能将就。因为什么不能将就呢？其实是因为每个人都有讲究的地方，所以没办法将就别人来触碰自己敏感的神经，严肃点说也可以叫有原则。

朋友小A貌美如花，家庭条件还很优越，好在她是个比较独立成熟的姑娘。这得归功于小时候她的父母都比较忙，让她有了独立成长的机会，不过正因为她独立，所以思想也很有自己的一套。

她是一名模特，平时过得也特讲究，衣服总爱买同一个牌子，她说那个牌子很符合她的气质，护肤品也同样只用特定的国外品牌，她说用习惯了而且适合自己。

她吃饭也讲究环境和味道，不合胃口的地儿，几乎是吃上一口就付钱走人。

时间观念也特别强，相约的不管是客户还是朋友，只要时间到了人没到，必定转身就走，对方打电话都不会再接。

说到这儿，你会觉得这姑娘也太我行我素了吧，什么都得按照自己的要求来。

是的，如你所想，大部分人是接受不了她的讲究的，之前谈了两任男友，都时间不长，就分手了。

第一位是一名创业公司老总，一天到晚忙得焦头烂额，小A答应他的追求是因为这男人懂得浪漫，经常给小A一些突如其来的惊喜，比如震旦国际大楼的LED表白。

后来分手是因为这老总总是记不住小A说过的话，明明小A就只用那些牌子的化妆品，只买那一家品牌的服装，可是老总总是记错，最后小A果断分手。

第二位是一名摄影师，在当地还小有名气，因为经常给小A拍照，两人试着谈起了恋爱，不过这摄影师平时是一个特别懒散的人，也没什么时间观念，在大都市快节奏的生活中活得特别悠闲。在一次和小A的约会中摄影师迟到了，后来两人就时间问题吵架冷战，直至分手。

很多人都认为小A的原则性太强了，不够包容，所以感情总是不顺。

可是后来小A遇见了小王，一切就都不是问题了。

小王开了一家咖啡馆，也是一个特讲究的人，咖啡杯总是在服务员清洗之后自己还得再仔细擦拭一遍，也会把桌子椅子摆得整整齐齐的。每天都准时开门营业，夜晚也总是定时关门，哪怕有客人，也会委婉地告诉客人，马上要关门，请明天再来。

这两人遇见之后还就对上眼了，两个人原则性都很强，看重的事情也比较对应，虽然在旁人看来这两人都有强迫症，什么事情总得按照原则来做，啥事都讲究。但是他们两个人却乐在其中，觉得这么做确实没错，两人现在已经结婚了，过得挺幸福的，生活也特别精致。

所以不将就既是很讲究，也许只有你的讲究才能碰见一个和你一样讲究的人，然后两人的感情就水到渠成。

你喜欢的人为啥不喜欢你？也许你漂亮，也许你有钱，也许你对他很好。但是你的某些习惯触碰了对方的原则，那他就会觉得你不是对的人。

可能她/他会像达文一样不喜欢你打牌，像小A一样说你没时间观念，像小王一样嫌你不爱干净。

其实爱情有时候是需要一些条款的，如果你满足了他所有的期待，他当然会觉得和你在一起理所应当，每个人都会有讲究的地方，这也是为什么两个人在一起之后想要走得长久就必须得为对方做出一些改变或是妥协。

如果你觉得你可以改变你的讲究，或许你会更快地遇见那个不将就的人，这是我给的快速找到对象的办法。当然我也知道，人的某些想法、原则是根深蒂固的，不会那么轻易地改变。

如果不能改变，那就等待与你契合的人吧，这世界上人那么多，你总能在经历过很多之后遇见那个能够契合你的讲究的人。

不将就其实是正确的，有讲究的生活也能让自己更有满足感。总的来说，你总会遇见，总会分别，你的讲究是你的不将就，你的讲究也会让你遇见更契合你的人。

遇见是天公作美，分别是为更好的遇见

上天安排我们和一些人相遇，肯定是有原因的。后来又安排我们和那些人分别，那是因为有更重要的原因。

老乔和叶子的相遇特别奇葩。一场朋友的婚礼，叶子是伴娘，老乔是宾客，俩人本来并没有多大概率相识。结果叶子走T台时不慎摔倒，刚好摔倒在坐在T台旁的老乔怀里，叶子一脸娇羞道着不好意思，老乔尴尬万分莫名其妙就把姑娘给抱了。

婚礼结束，两人也互留了联系方式，慢慢就这么好上了，不得不感叹天公作美，一次意外还收获一段美好的爱情。

老乔是个生意人，小买卖做得挺好，虽然年纪比叶子大了那么几岁，却为他增添了成熟魅力。叶子身材娇小，有着南方姑娘特有的温润和可爱，会卖萌、会撒娇，也总是善解人意。

老乔总是提前10分钟在楼下等着叶子，然后送她上班或接她下班，风雨无阻；总是在叶子伤心难过的时候适时送上红包问候，还有精心陪伴；会在叶子身体不舒服的时候煮上一锅红糖水，一边

吹一边喂给叶子喝；偶尔还会在下班后做一顿烛光晚餐等候叶子的到来。两个人的旅行也总是老乔提前做好一切规划，安排得妥妥帖帖，不让叶子操一点心。

叶子当然对老乔也很好，她拒绝了很多“高富帅”的献殷勤，会在冬天的时候给老乔织上一条围巾或者一件毛衣；会在周末的时候去老乔家帮忙收拾房间；会做一些有趣的小手工逗老乔开心；尽管分不清足球明星，还是会陪着老乔熬夜看球赛；会学着玩电脑游戏，陪老乔在网络上征战沙场；会煲汤给老乔，让他不要那么辛苦。

我们都觉得老乔和叶子应该就是下一对步入婚姻殿堂的人，我还想着我能不能在他们的婚礼上也邂逅一位呢，结果却因为叶子爸妈的反对让这段感情化为泡影。

分手之后叶子伤心难过了大半年，也经常约我去喝闷酒，总是跟我抱怨爸妈的不理解，我虽然为他们惋惜，但也还是劝说着：“缘分嘛，可能你和老乔就是有缘无分，很多时候也不能强求。”

后来叶子也慢慢从伤心难过当中走出来，回归正常的生活，她开始努力工作、健身，让自己变得更好。

不过叶子还是保留了一个坏习惯：喝酒。那个时候我在酒吧工作，她每天晚上都要来喝上几杯，还很文艺地说在等待天公再一次作美。不过缘分这个东西真的说不清楚，多年之后叶子结婚生子，她老公还真就是在酒吧里邂逅的。

一个傻小子，没有老乔的多金，没有老乔的成熟，但是傻小子就是喜欢叶子，叶子也对他特别来电，两个人现在过着幸福的日子。所以说如果我们错过了一份美好的爱情，并不代表未来我们就再也遇不到了，只要你有勇气，也有再次爱人的能力，最后总能拥有美好的爱情。

叶子的第一次相遇是天公作美，给了她一份美丽的爱情，就算是最后分别，至少这段感情也让叶子学会了很多，可能和老乔的分开就是为了遇见后来的这个傻小子，所以分别并不是代表着结束，它也可能是一种新的开始。

伤心难过、歇斯底里最后都会给时间和美好让位。

人的一生遇见的每一个人应该都是注定遇见的，为什么这些人会在最合适的地点和时间突然出现，闯入我们的生活，会给我们一份惊喜也给我们一段难以忘记的故事，因为所有的遇见都是有原因的，分别也一样。过去所经历的一切，让我们变成了现在的自己。

遇见是天公作美，分别是为更好的遇见。

和有趣的人在一起，就是小幸运

生活应该是充满乐趣的，如果女朋友也是一个有趣的人，那你就更幸运了。

我曾经有过这种幸运。

她身高168厘米，但是每次有人问她多高的时候，她总是会毫不害羞地说："我170厘米。"然后悄悄地跟我耳语："不准当面拆穿我，不然我回去收拾你。"

回家之后我嘀咕说："你这人咋不害臊嘞。"她就会拿着枕头满屋子追着我又打又闹，虽然她撒了小谎，但是我觉得她很可爱。

有段时间她不知道从哪儿捡了一只小猫，虽然毛色是纯白色的，但是脏兮兮的看起来像只黑猫，我说："家里养了小软（一只小金毛）了，你带只猫回来，家里不得闹翻天。"

她眨巴着闪着泪光的眼睛看着我说："我看它好可怜，没人要，所以就带回来了，求你了，让我养它吧。"

我默许了，于是她开始给小猫洗澡，用家里的旧毯子给小猫做了一个温暖的小窝，买了玩具小老鼠，还买了一件小黄人的衣服给小猫穿上，还给小猫取了一个名字：Timo。那段时间她冷落了我和小软。

她以前只会玩连连看这种游戏，我经常说她是游戏低端玩家，于是她就开始学着和我一起玩《英雄联盟》和《魔兽世界》，《英雄联盟》里面她最喜欢玩TIMO，所以才给小猫取了个这样的名字。她喜欢蹲在野区或者草丛里好几分钟，只为偷袭一个路过的敌人。我说她这样太猥琐了，她于是发明了肉TIMO，出了5个狂徒冲在队伍最前面，效果还不错。

玩《魔兽世界》的时候总问我这游戏能不能结婚（游戏中玩家角色可以结婚），我说不能，她说不能结婚那就不玩了，还是玩TIMO去。

她玩游戏的时候又吵又闹，经常大喊。不过有她陪着我一起玩游戏，确实是充满无限乐趣的。

她喜欢穿我买给她的漂亮的小裙子，走起路来像个小孩子，又蹦又跳。我们一起回家，会路过一条没有人的小巷子，她会突然冲到前面，提起裙边转一圈，然后问我："好看吗？"

但在人多的时候，她会立刻变成女神，气质爆棚，端庄大方美丽，和她走在一起，经常会有人觉得我是个"富二代"。

她的副业是模特，所以在我面前的那种可爱让我觉得我很幸运。她是一名正经的吃货，因为工作的原因必须得保持身材，所以不敢大吃特吃。但是她一听朋友说哪里哪里又开了一家美食店，都会不远万里地跑过去尝试一下，然而她是个路痴，吃完之后就找不到回家的路了，然后就会给我打电话让我去接她。

每次我到的时候，她都会递上刚吃剩下的美食，说："你看，我有给你留，好东西要分享。"我说："你能不能下载一个地图软件自己回家。"她说："我有男朋友呀，你就是我的地图，到哪儿跟着你就好了。"

她喜欢各种各样的小笑话，总是把小笑话记在一个很可爱的笔记本上，每次我不开心的时候她都会拿出她的开心宝典，然后一个一个地念给我听。然而每一次都是把她自己逗笑了，我却还没笑，不过看到她这么可爱，我就勉为其难地陪着她一起笑。

虽然现在手机通信非常方便，但是她还是喜欢用一些很可爱的小便签写一些小情话，比如："真幸运遇见你，我觉得以后没有这样的运气了，所以我会好好珍惜你的。"偷偷地放在我的枕头边，我起床的时候，看见这些小便签，一整天心情都是美的。

我问她为什么不当面告诉我或者直接发条短信就好了，她总说："我害羞嘛，在你面前总觉得害羞，我也不知道为什么，就是当面说不出口。"

她会在假期回家之后给我写信，有的时候一大篇的信纸上只有三个字："我想你"。

她喜欢摄影，喜欢拍一些可爱的东西，比如奶茶店的小猫，筑巢的燕子，也喜欢拍下我的背影，说只要在看得见我的地方，哪怕是背影也觉得特别安心。

《疯狂动物城》里面的兔子朱迪，开心的时候竖起耳朵，不开心的时候耷拉着耳朵。她是开心的时候扎起马尾，不开心的时候放下头发，变成黑直发，她说这样做就能让我知道该是和她一起疯还是安慰她。

她的梦想是成为作家，有时候会诗兴大发写一些文字，虽然我觉得她没这个天分。

我通常会把她写的诗做成歌再唱给她听，她总是说因为词写得好所以歌才好听。

她说我们结婚的时候要在学校里拍一组超级美的结婚照，她总是说我们未来的孩子一定特别漂亮，因为会像她。

她就是这么一个又笨又蠢又呆萌的女孩，忍不住地就想这样和她过一辈子。

虽然我们现在已经分开两年了，她也已经成为别人的新娘，但是我还是祝福她能够幸福，也希望她能一直这么有趣，这么可爱，希望她不会再迷路。

其实对于人生的意义，与幸运相不相关，在我这个年纪不一定悟得正确，不过这是我此时此刻的想法，毕竟每一个阶段思维和格局都不一样，但是我相信和我同一个阶段的朋友应该会有所共鸣。

在我读初中那会儿，每周最开心的事情就是周六的时候和老爸一起看中央六台的《佳片有约》。

有一次放了尼古拉斯·凯奇主演的电影《预见未来》。记得当时我特别羡慕男主角可以拥有预见未来，知道接下来会发生什么，甚至知道自己未来媳妇是谁这样的超能力。

我就想着如果我也有这样的能力，那我就能知道未来的很多事情，未来和谁在一起，我又会过着什么样的日子，最重要的是，我能知道明天彩票的开奖号码。

但是老爸跟我说，这是科幻电影，我们不可能拥有这样的能力，当时我还有些不甘心。

时隔这么多年，我又看了一遍这部电影，我的想法发生了翻天覆地的变化：我干吗要知道我的未来是什么样子的？未来和谁在一起我不想知道，过着怎么样的日子我也不想知道，因为我突然发现人生最大的乐趣就是未知。

我们永远不知道明天会发生什么，难道这还不足以让人兴奋吗？正因为不知道，所以我们才可以去探索，才可以去感受。时间每一分一秒的前进都是一种让好奇心爆棚的瞬间。

当你每天过着重复的日子，你起床，洗漱，挤早晨第一班最拥挤的地铁，然后工作，接着下班，然后回家睡觉。如果你没有一个好的心态，很快你就会厌烦这样一成不变的生活。

如果你对未知的人生充满着好奇心，你会发现生活其实特别美好。

起床的时候看见窗外的阳光有些刺眼，但是通过缝隙进入房间的光线却是格外的温暖明媚。洗漱的时候你可以放一首你最喜欢的音乐，可以选择早餐吃什么，是中式的还是西式的。

在拥挤的地铁上，你可以找到一个安静的角落，你开始观察每一个人的表情，你可以猜想他们心里在想些什么，也可以戴上耳机，听听昨天还没有听完的电台故事。

工作的时候，你心想着只要努力，有一天自己也能升职、发财、迎娶白富美，走向人生巅峰，瞬间就充满了动力。一切都不是不可能，最怕的就是你心态不好，一开始就否定自己。

你会开始留意工作中的细节，包括如何和领导、同事们相处。你会在开会的时候帮同事接上一杯白水；你会开始喜欢上和领导对话，因为你发现前辈果然有值得学习的地方；你会在工作当中有更多新的创意和想法。

下班了，你可以一个人走回家，看着来来往往的车辆，匆匆忙忙赶路的行人。每个人都是一个故事，每个人都有自己的特点却又十分相似。热爱自己、热爱生活，每迈出一步，你就又在这个城市多留了一份印记，时间久了，你也会慢慢爱上这个陌生的城市。

回到家，坐在沙发上，不开电脑，也不刷朋友圈，你可以静静地尽情畅想未来的你会是什么样子，会遇见一个怎样的他/她，会取得什么样的成就。想到兴奋的时候，也许你还会扬扬得意，哈哈大笑，原来最有趣的就是这样的一份对未来的期待，因为未来是未知的，我们才会有所期待，才会有盼头。

如果人生都没有盼头了，那和咸鱼又有什么分别？每个人都喜欢惊喜，爱人送你的礼物，如果你提前知道了是什么，你还会那么激动，那么开心吗？你提前知道了你会在什么时候赚到人生的第一桶金，你还会那么有成就感吗？

其实就算是知道了未来自己过着怎么样的生活，知道了未来和谁相爱，你能确定它是真的吗？反正我不敢确定。

因为我相信未来是基于当下的，现在的你不努力，未来绝对不会走上人生巅峰，你不好好照顾他/她，即使是注定的未来，也一定会发生偏差。

每一个你期待的未来都掌握在当下的时间里，就是此时此刻，你当下做的每一件事、每一个举动，所以你要学会活在当下。

人生最有趣的就是未知，明天又会遇见什么人，又会发生什么事，真的特别值得期待。我希望你也能和我一样，期待着每一个明天的到来，也过好每一个今天。它们息息相关，它们构成了你的人生。

对未知充满期待，也做好眼前的每一件事情。

我不想提前知道未来怎么样，因为我想保留这份期待。

晚一点遇见很好，但晚一点结婚更好

前几天朋友结婚了，他们初中就认识了，后来大学毕业才在一起，又过了好几年才步入婚姻殿堂。

如果他们初中就在一起，也许这一份感情就无疾而终了。别不信，大多数爱情都会因为年少轻狂不懂事而分手，那时候彼此都不懂得谦让和理解，总是希望对方能按我们的想法去做。

有时候我们想着两个人的爱情，最终能否在一起都是靠缘分，其实缘分只是一方面，更多的还是靠人为。你如果成熟一点，能够善解人意一点，不那么骄傲固执，不和对方吵架、冷战，那会分手吗?

如果能够晚一点遇到，彼此都成熟，遇到事情不会片面地觉得全是对方的错，都有了独立思考的能力，也会自省，会懂得道歉和低头，两个人的关系肯定不会闹僵。

年轻时候的爱情靠冲动，后来的爱情靠心智。

我们身边有太多人闪婚，而这样的一段婚姻关系大多数会出现大大小小的问题，因为彼此用的是年轻时代的冲动。而且很多闪婚一族没有和家里的长辈商量就自作主张结了婚，导致缺失了婚姻中最重要的环节，双方家庭的认可，很多矛盾由此激化。

也许你认为自己终于遇到了灵魂伴侣，但是热恋期总是会蒙蔽自己的眼睛，让你觉得对方一切都好。你可以冲动地和对方扯个结婚证，但结婚证仅仅是一纸形式上的证明，婚姻是内容，仅靠冲动和一时兴起是不能填满的。婚姻中的两者必须合拍，对生活、对未来有着同样的考虑，也会朝着同一个方向看去，而不只是看着对方。

我身边很多朋友结婚很早，而现在生活过得都挺辛苦的。

在自己的工作刚刚起步的时候就结婚，你多了对家庭的考虑，之后又有了孩子，你多了对下一代的考虑，这时候你的压力来自三方：爱人、孩子、父母。

你觉得你有了这些考虑之后能一心一意地打拼事业，努力工作吗？生活当中的琐碎会让你无所适从，你的事业没有起色，爱人还会隐隐抱怨，矛盾会更加激化。

你本来就已经很辛苦了，却还要顶着各种各样的压力对谁都要微笑。

那为何不晚一点结婚呢？在事业刚起步的时候专心为事业为梦想努力，对象可以谈，但对方一定不是全部，面包和爱情可以兼得，但是得看对方能不能为你着想。

当你事业稳定、心智稳定，做好一切准备再步入婚姻，你能更好地照顾爱人、孩子、双方父母，能安排好各种事件，也有足够的经济支撑，生活会过得比较轻松一点。

恋爱可以一时冲动，但婚姻肯定不行。年轻的人们总是追求着刺激与享受，不能接受生活的平淡和琐碎，所以总会因为过早的婚姻生活而发生变故。等彼此成熟、理智，然后归于平淡，内心恬静。晚一点结婚，也许一切都不会有波澜。

晚一点遇见很好，但晚一点结婚更好。

别用“我爱你”，掩饰你的无能

“我没钱，但是我爱你呀。”

“呵呵。”

草莓转身就走，留下咖啡在原地哭得稀里哗啦。

咖啡跟我哭诉，说草莓不要他，叫我安慰安慰他。

我说：“难道你以为草莓真的是个拜金女，她真的因为钱才离开你的？”

咖啡义愤填膺：“她说我没钱，过不上好日子。”

我说：“你是不是傻，确实你没钱，但是你除了没钱，你还懒，你不上进，你对草莓还不好，还对草莓那么多要求，我是草莓也跟你分手。想想当初，谁毕业之后留在你身边陪了你一年。”

草莓和咖啡在一起三年时间，我看着他们从初见到相恋，经过了学校两年的快乐时光和毕业后一年的苦逼生活。

当初我毕业就被分手了，四年的感情化作泡影。所以我那个时候特别羡慕他们俩，毕业之后能选择去往同一个城市，一起奋斗，一起为未来打拼。

那个时候草莓还安慰我说："别伤心了善尼，不过是对方不够爱你，不然她会留下来陪你的。你看我和咖啡不就是感情深才没舍得回老家，我决定陪他一起奋斗。"

最初的时候，草莓和咖啡住在租来的单间里，还是和别人一起合租的，房东特别凶，总是提前好几天就来催房租。咖啡是个暴脾气，每次房东提前催房租，他都很生气，有几次甚至差点跟房东打起来。结果呢，都是草莓给他善后，点头哈腰地跟房东赔礼道歉。

他们很少在外边吃饭，因为他们没钱。咖啡在省电台实习，一个月800元工资，而且真没多大机会留下来，他说去电台上班是他的理想，但他想辞职，被我劝说了一阵最后妥协了，而草莓是百分之百无条件支持他的。

草莓在一家私人企业做客服工作，实习期就一千多元的工资。她还利用周末的时间兼职做模特和礼仪，那种一站一整天，累得要死不活的工作，但是一天能挣600到800元。

所以说，其实两个人毕业之后一直是草莓赚的钱更多，而且草莓也更加努力，她想要让他们的日子过得更好。周末草莓辛苦去做兼职时，咖啡却在家里打游戏。

记得那天是草莓生日，我准备好了礼物登门拜访，进门却发现咖啡依旧打着游戏，而草莓在厨房张罗着，准备晚餐。

我问咖啡："哎，咖啡，你不知道今天是什么日子吗？"

咖啡说："今天周末呀，你不是来蹭饭了。"

原来咖啡根本就忘记了这天是草莓的生日，吃饭的时候咖啡兴致勃勃地跟我聊着游戏，我偷偷地瞄了一眼草莓，她眼睛里隐隐地有些泪光。

后来草莓跟我聊天说了为什么她会和咖啡分手：

"善尼，他根本就不爱我，他所谓的爱就是不找别的女人，他这一点确实做得很好。他成天除了上班，回家就是打游戏，倒是没有闲工夫出去找别的女人，但是他也没闲工夫照顾我的感受。他打游戏我做饭，我给他倒水喝，我下楼买米买油，洗澡水都是我帮他放好的，我又不是保姆，凭什么？

"他不就仗着我喜欢他，我放不下这三年的感情吗？怪就怪我对感情太专一了，开始总觉得只要他心里只有我一个人就好了，其他的不重要，可是毕业后这一年时间我过得真的不快乐。

"其实为他做这么多事情，我真的觉得没什么，爱不就是要付出吗？可只有我在付出，而他却对我没有一丝的回报，时间久了，我确实受够了。

"他说他没钱但是他爱我，爱能当饭吃吗？他一个月800元，后来还没能转正，换个工作一个月挣1200元。我一个月累死累活挣4000多元全给他买了打游戏的装备，他这一年时间连件像样的衣服都没给我买过。

"我家里虽然不富裕，但是我也不是爱钱的女孩，我真的渴望一份真挚的感情。可是最后我发现，咖啡不是我要找的那个人，他太幼稚了，他还没有长大，而我却真的等不了他了。

“我这个年纪，爸妈催着我结婚，而我一个女孩确实想要被人照顾，我不是女汉子，我也会累，我心里也会有情绪。我每次和他谈这些，让他能够上进一些，他就说我无理取闹，他说怎么没努力，说完转头继续玩游戏去了，我在他身上真的看不到希望。

“他没钱，我依然爱他，他说让我留下，我就留下陪他过苦日子，可是这苦日子我真的看不到头，我不知道还要苦多久。生活的苦真的不算什么，一个女孩如果真的苦了心里，心里找不到安全感，感受不到爱，这个才是真正的苦。”

那天草莓跟我说的不止这些，我听了之后觉得草莓和咖啡分手是个明智的选择。前天收到草莓发来的请帖，说要结婚了，我打电话过去祝贺，草莓在电话里跟我聊了聊离开咖啡之后回到家乡的一些故事。

草莓回到老家，家里安排了工作，每月轻松自在拿着固定工资，后来朋友介绍，认识了正在自己努力创业的李哥。李哥比草莓年长三岁，毕业之后做了很多工作，后来辞职开始自己创业，小有成就，虽然也并不富裕，但是草莓在李哥身上看到了希望。

李哥也很珍惜草莓，觉得草莓是个善解人意的好姑娘，草莓总是能在生活和工作上帮到李哥，李哥也能给予草莓安全感和温暖。

咖啡也收到了请帖，又跑来和我哭诉，说草莓和他分手最后找了这么一个对象，也没多少钱啊，为什么？

咖啡到现在还不知道草莓为什么会离开，也许他真的还没有长大。

关于草莓的选择，我想我可以理解，她对感情也曾投入过，付出过。现在她累了，等不起了，失望了，所以离开了。

也有像咖啡一样的傻小子，不懂得珍惜，不知道为什么姑娘会和自己分手，最后还说姑娘是嫌自己没钱。我只能说，和咖啡一样的这些男孩们，你们真不配得到像草莓这样的好姑娘的爱。

“我没钱，但是我爱你呀！”

说这些话的男人，你真的爱吗？难道爱就只是说说？你的行动在哪里？连姑娘的生日都记不住，连姑娘最爱吃的蛋糕都买不起，一件姑娘看了很久的衣服，你拉着姑娘就跑，说太贵了，我们去网上买。姑娘例假来了想在家好好休息一下，却还要担心着不工作下个月的房租就交不上。作为男人，你不觉得可耻吗？

姑娘愿意和你过苦日子，那是因为她爱你，但你能不能给姑娘一些希望，给她们一些自信，让她们觉得选择你是没有错的。你能不能不玩游戏，好好思考一下怎么努力赚钱，让姑娘不必四处奔波，像草莓那样在大太阳下站一天，穿着高跟鞋的脚磨出一个又一个的血泡，你难道就没有一丝的心疼吗？

所以呀，看到这篇文章的男孩，请你快点长大吧！像个男人一样守护你的姑娘，别让她受哪怕一丁点儿的伤害，外边有太多的压力是需要你这个男人帮她承担的。

看到这篇文章的女孩，像草莓一样果断一些吧。把那些一直消耗你的男人一脚踢开，他真的不值得你去爱，不值得你用青春赌明天，他就该做“单身狗”。

女人一定要对自己更好一点。这个世界太复杂，不负责任的男人太多，我希望每一个女人都能够找到属于自己的那个李哥。

爱情不是对牛弹琴，而是你说我懂

玲玲：“他是我通过同学介绍认识的，我们在网上聊了两个多月。在这两个多月的聊天中我们觉得彼此是很适合对方的。

我们也谈到了将来和婚姻，很期待见到对方，所以他特意请了半个月的假从美国回来。

我们刚见面的时候彼此都觉得相处得很舒适、很融洽，三天之后决定一起旅行。

可是旅行第一天他就生病了，我很精心地照顾他，买药喂药，晚上帮他擦汗。

第二天他气色好了很多，我们一起去海边玩儿，我想着他好不容易回来一次，身体应该也没多大问题，就随口问了他一句要不要和我一起下水。他却突然发火，说我不够关心他，说我真不会照顾人，生着病还让他下水。

准备回去的时候，我因为买东西迟到了一会儿，但并没有误了飞机的点，他却对我的迟到表示很反感。我说我买的东西是送给他的礼物，他却说他不需要。

他回美国的那天，我问他还会回来看我吗？他说再看吧。”

善尼：“第一次见到橘子就有种一见钟情的感觉。第一次和她吃饭，我一个做情感节目的主持人却紧张到心都提到了嗓子眼，也许遇见真正喜欢的人才会有这样的表现。

而她仿佛也一样，我们的第一次约会特别愉快，那段时间刚好有另一个女孩在追求我，于是作为“撩妹”高手的我就用了一个很古老的招数，邀请橘子冒充我的女朋友拒绝其他追求者，于是后来的故事显而易见，橘子成了我的女朋友。

我做的第一件事就是买情侣对戒，我告诉她我有多喜欢她，她也表示对我有种特别的感觉。

之后的恋爱中，我开始规划着我们的未来，这个时候却发生了转变，她开始和我聊上了曾经的感情。

我们同处于当下，而我展望未来，她却怀念过去。

最后这段感情无疾而终。”

苹果：“他追了我大半年，我一直没有同意，不是因为不喜欢他，只是想要看看他到底有多少耐心，或者说看看他到底有多喜欢我。

我生病的时候只要打电话给他，他就算请假，都会来家里陪着我。

我减肥不吃晚餐，从来不做饭的他开始下载各种美食App，研究减肥食谱，说不吃饭肯定不行，说他要做一些既能吃饱又不长胖的美食。

下班的时候天下起了大雨，我其实有带伞，也告诉他不用过来接我。但下班到了楼下，他已经等候多时，说下雨天很想我。

现在我们结婚两年了，有了小宝宝，过得很幸福。”

爱情这东西，人们总是强调着各种各样的要求，要帅、要美、要性格好、要多金。

而忽略了爱情最重要的一点，聊得来。

你跟他说东，他往西，他的想法永远和你不在一个频率上，那怎么能和谐地共同生活下去？最好的爱情不过就是你说我懂，默契得甚至不用说，一个眼神就可以了解对方所要表达的一切。多少吵架不正是因为两个人互相不理解吗？多少分手不正是因为两个人互相怀疑吗？

硬性的条件当然也必须有，比如性格、人品。

哪怕对方条件再好，和你聊不来，甚至有代沟，怎么沟通都费劲的话，那绝对不是你最好的选择。

最好的爱情不过是半夜醒来，突然想到什么，告诉对方，对方也能很有兴趣地听你讲完，并且和你说说他的看法。

不过是我刚说了我冷，你就用最快的速度出现在我面前，给了我一个大大的拥抱。

不过是我微信发了一个哭泣的表情，你就用语音发来你那又跑调又难听的歌声，把我逗得哈哈大笑。

不过是准备穿高跟鞋出门逛街，你却微笑着拿过一双运动鞋说高跟鞋逛街太累，穿这个轻松一点。哪怕最后不会接受你的意见，我的心里却是暖暖的。

不过是笑了你会陪我一起笑，不过是累了就会有个拥抱，不过是哭了有张纸递过来，不过是害怕时你会以最快速度出现。

我不想未来我说的每一句话都变成废话。

最轻松自在舒适的感情就是，我说了，你懂了；我没说，你也猜到了。

你不是钥匙，我也不是锁

所有人都在找寻对的人，都在找那个适合自己的人。然而这世界本就没有两个完全契合的人，你不是钥匙，我也不是锁，更何况没那么多巧合，你的钥匙就能打开我的锁。

再一次见到瑶瑶是在一家不大的咖啡馆，我们都是在这座城市暂留，她要去上海，我要回成都，所以我们聊得并不多。

她知道我的职业，所以聊天内容几乎全是关于男女情感。她说这么多年了，还是没有遇见对的人，也接触了一些人，总感觉不合适，不是这里不满意就是那里有些问题。

我也不能太直白地反驳她，就笑着说："现在年轻人的生活节奏太快了，像你这样的漂亮女孩或许更不容易找到真爱。"

她喝一口咖啡，优雅地放下杯子，静静地看着我，示意我继续说。

感情是一件千回百转的事情，好的坏的都没有定数。而在大多数人眼里，异性在他们看来只有两种，可以结婚和不可以结婚，仿佛人生只要一结婚，就可以大功告成。我不喜欢这种带有结婚目的的恋爱，你不一定非要嫁给一个人，才跟他在一起谈天说地。

而且一个男人有时真的对一个女人有感觉，也并不是因为这些条条框框，可能很多时候就是因为对方的一句话，或者一个不经意的动作，好感就来了。

然后两个人也无须表白，就在一起了。因为仅仅作为朋友，很多时候是不能全面了解一个人的，只有当你们恋爱了，才能慢慢发现对方的缺点。

很多爱情就死在这里，很多人一开始觉得对方什么都好，感觉超级棒，接着就发现对方的缺点了。大家就觉得对方变了，不是当初喜欢的那个他/她了。

我相信这个世界上没有从思维方式到处事模式，以及个人喜好都完全一样的人。只要是独立的个体，总会出现不同。

假如彼此不能接受对方的缺点，都不妥协不忍让，那两个人绝对会无疾而终。我觉得爱情归根结底还是得靠包容和忍让，说白了，就是“熬”。双方坐下来，把对方的问题都拿出来摊牌、分析、争辩，最后两个人慢慢熬到一起。

如果双方都能忍，都不愿意说对方的不好，那更好，希望你们能忍一辈子。要知道人的承受力或者说忍耐力也总有个极限，如果你总是不说，你忍了一次，对方还会在同一件事情上再次让你不爽。人的情绪就像只气球，你忍着忍着，气越来越多，总有一天会到极限，然后“砰”的一声，爆炸了，两人长久积累的负面情绪一发不可收拾，把陈芝麻烂谷子的事情通通讲个遍，话语像刀子“可劲儿捅”，最后两败俱伤，说分就分。

所以爱情必须得熬，必须得正确地熬，在正确的发泄下保持着情绪的不爆炸，能够通过一次次小的争吵把所有问题解决掉，那么就不会有负面情绪的积累，也不会有大爆发。

谈恋爱都是你情我愿的事情，当初爱得轰轰烈烈，最终却劳燕分飞，多可惜。很多人在分手之后都会后悔，但是呢，迫于自己可怜的自尊，不会再主动联系对方。然而时间又是一剂良药，它能让你忘掉痛苦，也能让你忘掉旧爱的感觉。男女思维的不同就像是双方中间隔着一堵墙，如果谁都不愿意敲掉墙，换一个方向，和对方站在一起思考问题，那无论什么事情两个人都谈不到一起，只能注定分手。

女人的无理取闹不过是因为爱着男人，男人的夸大其词不过是想让女人夸奖夸奖。

女人的嘴里总是说着反话，她们总是口是心非。“我不听！”“我就吃一点”“我没生气”“我要减肥”“没事你忙吧”“马上出门”“哦，我不饿”“我真的不买”“我不爱你了”这些都是谎话呀，这都是她们说的气话。

这个时候，男人，请你去哄哄她，抱着她，亲吻她。

哪怕她甩开你的手。

好的感情可能不是注定的，而是两个人一起熬过了最艰难的岁月。其实很多人婚后也会遇到很多问题，那就一一解决，只要不说分手，只要不说离婚。你没发现吗？吵完之后你们依然拥抱在一起，也许抱得更紧了。

所以，你不是钥匙，我也不是锁，更何况没那么多巧合，你的钥匙轻易就能打开我的锁。

我听过一首歌《云花开》。

我很喜欢这首歌当中的歌词："云花开，散尽雾来，不施粉黛，捎来精彩，伏笔止留白，放空至物外，就会自然自得自在。"

很多时候人的绝望并不会一瞬即逝，它会伴随你很长一段时间，直到有另一件事情将它抹去，不然它会侵蚀你很久很久，让你不知道如何释怀。

我对于爱情的绝望开始于大学毕业的那天，分手的结果已经注定了，我和好哥们对酒高歌，想掩饰自己可怜的自尊不让眼泪掉下，她却给我打来一个电话说想见我最后一面。

我其实已经知道她要走了，我们的未来再无交集，四年的时间就像是一个梦一样早已经破灭。可是我还是抱着最后的对她的眷恋飞奔去学校，一边跑一边流泪，那是我作为男人最狼狈的一次。

快要见到她了，我努力平息着情绪，努力不去回想过去四年和她的故事，但是这学校里的一花一木，都仿佛记录着我和她的故事。

我终于走到了她的面前，我们周围人来人往，可我的眼睛里只有她，我爱了四年的女孩就要走了，我甚至看到了她在和我挥手道别。

她慢慢走向我，看着我早已经哭得红肿的眼睛，她说未来你要好好的，她说我们的故事结束了，但是你的故事才刚刚开始，她说谢谢，她说对不起，她说再见。

最后的拥抱，然后她转身，我就那么看着她，看着她一步一步远离我，就像是她曾经一步一步走向我的倒带，她每走一步，四年时间里的点点滴滴就一股股涌现。那个说非我不嫁的女孩正在离开我，那个陪我通宵喝酒谈天说地的女孩正在远离我，那个说爱我的女孩说不爱就不爱了。

她走到街道转角，停下来回头看了我一眼，一个轻轻的微笑仿佛是对这四年的删除，紧接着她消失在转角。我并没有她那么洒脱，她消失的一瞬间是我们爱情的终结，其实也终结了我对未来爱情所有的信心。

从那以后很长一段时间里我对爱情都是悲观绝望的，觉得我不会再遇见爱情，甚至对所有的女人充满敌意。

但多年后的今天，散尽雾来，捎来精彩，当我抛下过去，打开窗户，我看见阳光慵慵懒懒洒进来。而我也遇见了一个人，她让我重新相信爱情，把我从爱情的绝望中拉出来，在深渊里点起一盏一盏灯，拉着我从过去走向未来。

其实每当你处于人生最低谷的时候，你就不可能再低了，因为没有比这更悲惨了，所以你会开始上升，会开始看见幸福。

就好比你的人生如同一张白纸，总会有很多人路过的时候在上面勾勾画画，明明已经画得乱七八糟了，你觉得不会有人能够把这张废纸描绘美丽，这个时候出现一个人将白纸翻了一面，她面对全新的你，开始了精心的书写，她的字很好看，她的画也是如此之美。

她是一个单纯的姑娘，也是一个非常重感情的姑娘，她有很多朋友，因为她待人真诚，她会把情感分得相当清楚，她知道什么是爱情，什么是友情，她慢热，不容易让陌生人靠近，但经过时间的锤炼，她会是一个很好的倾听者。

她会告诉我，她遇见的风景和遇见的人，她会给我讲故事，讲她曾经也遇见过失败的感情，但是她依然爱这个世界，因为她知道未来总会出现一个人，她会因为这个人更加爱这个世界。

她会有小脾气，但是都是因为我，她会担心我的身体，她会提醒我吃饭。她喜欢看我的笑容，她喜欢听我的声音，她爱我所爱，在乎我对她的看法。她会在日记本上写下关于我的一切，今天吵架了吗？今天亲吻了吗？今天说爱她了吗？今天有没有多爱我一点？

她有自己的思想，她不会束缚我，也会支持我追求想要的生活，她愿意为了我说走就走，只为了来牵我的手，她也会倾其所有，把最宝贵的都给我。

她很自私，不愿意和任何人分享我，她也总是要求我目光里只有她，我也会心甘情愿地陷入她的世界，把时间都留给她。她需要我，我也仿佛对她有了依赖。

她确实不一样，因为她出现得刚刚好，在我最渴望爱情的时候，也在我最需要她的时候。她让我重新体验到了爱人的滋味，也给了我恰到好处的温暖。

好的感情是自然、自得、自在的，我们彼此不用刻意迎合对方，因为所有的改变都是自己心甘情愿，我们可以想说什么就大胆告诉对方，我们也不担心对方会不会主动联系，因为打开手机就一定会有对方的问候。

我们有说不完的话，总有想跟对方分享的故事，我们都变得更加努力，想成为更好的自己。

到底什么是对的人？也许没有对的人，什么感情都需要彼此付出和理解。爱永远不是一成不变的，爱是慢慢累积的，需要每一秒的感受，以及那一颦一笑，以及那些起承转合。

这个世界也没有完全契合的人，只有有缘分的人，当那个人出现，希望你能学会珍惜，能够把握好现在，放下过去，把自己翻一面重新变成白纸，让对方书写。

心静，淡然。

当你拨开云雾，放空自己，才能看见蓝天。

也要学会给对方、给自己机会，不要关闭心门。

自己打不开的门，没人能够打开。

爱情里最幸运的事是什么

陈奕迅唱着："我多么想和你见一面，看看你最近改变，不再去说从前，只是寒暄，只说一句好久不见。"

但大多数时候，你都没有想过会有一天还能再相见，但是这么几年你也有想过他，在看电影的时候，在深夜无眠的时候。

你已经可以微笑着平静地给其他人讲这个故事，这代表你完全放下了吗？那个时候你觉得你要和他在一起一辈子，爱他一辈子，无论发生什么，哪怕他没房、没车、没存款，你都可以说出那句：不就是娶个男人嘛，老娘有钱，我就要嫁给他。

你和他的遇见，开始和结局你都没有过多地想象，你觉得一切都是顺其自然发生的，也从来没有这么勇敢过，坦然面对一切阻碍，只是为了和他走下去。

他是个温柔的男人，至少在你面前是这样，他和你说话的声音平缓而舒服，能够从中听出宠溺，也让你无限放松，他会经常告诉你他爱你，给你无限的安全感，他24小时为你开机，只是为了不让你有一丝的孤单。

虽然你没有想过有一天会和他有激烈的争吵，但是感情当中，一定会有一些分歧，你那天扯着嗓子，大喊大叫，再没有一点大家闺秀的样子。其实你自己都知道，这次大战的开端其实在自己，自己就是想要证实他是爱你的，想对他无理取闹，以为他依然会耐着性子哄自己。你却没有想过，再温柔的他也有忍耐到极限的时候，后来想起来觉得自己真的太过分了。

他平时那么温柔，他从来不和别人争执，可是想想那次吵架，他也并不像个绅士，他说话音量也大了很多，其实你已经知道错了，但是却又觉得他对自己态度不好，以为他不爱你了。

你说了很多不好听的话，甚至是脏话，你也不是没有说过脏话，只是从来没有对他说过。他对你说出的那些话一愣，他说："你怎么变了，我认识的你不是这样的。"

你只是无所谓地笑了："我是怎么样的？你知道什么？你知道以前的我是怎么样的吗？我们才认识多久。"

也许因为你在他面前一直都很乖，所以他认为你是个乖女孩，像他一样温柔，但是他不知道女人往往会因为爱情而改变，至少那个时候的他不知道。

你也承认，其实你改了很多，在没有遇见他之前，你不是什么乖乖女，你总是爱发脾气，总是说话不饶人。

因为遇见他，你学会温柔地去看世界，把自己的戾气藏了起来，你觉得这样的改变是好的，这也是你愿意为他做的，你觉得和一个男人在一起，女人应该有女人的样子。

其实他真的很好，很多事情都听你的，很多时候在他面前，你的脾气真的发不出来，他总是笑你生气的样子可爱，他总是在你发飙之前紧紧地抱着你，他会经常摸着你的头，你会觉得怎么女王瞬间变成了小猫。他只要望着你深情地说上几句话，内容都不重要，你只感觉他的声音怎么那么好听，而且十分动人，让自己模糊地认为，自己就应该是个乖宝宝。

你记住了他的声音，他的声音好像有魔力，伤心难过的时候，只要他一句安慰的话，你就觉得温暖，像是有太阳在头顶照耀。

他其实特别不喜欢闻烟味，虽然他也劝过让你戒烟，但是他也不强迫你，他知道这不是一件简单的事情。和你在一起的时候，他也不嫌弃你嘴里的烟味，依然吻向你的唇，虽然有时候他会轻轻皱眉，但都是转瞬即逝，他以为你没有看到，但你都记在了心里。他总是笑着对你说："你喜欢的，我也喜欢。"

他是你遇见的最好的人吗？也许你心里会有答案，至少你当初想过要和他过一生，但是却被自己一点点否定。他的温暖给了你生活的动力，你那个时候想，只要他在，什么困难自己都可以面对。

那次的争吵，你们谁都没有退让。

这几年的时间，你经历了不同的男人，现在你又没有了爱人。但是你却懂得了什么才是爱情。

这几年的时间，你懂得了太多，慢慢地真正收起了自己的臭脾气，可是却再没有遇见过一个像他一样的人。

每次和朋友笑着谈起那段过往，夜晚你都还是会失眠。

那天，艳阳高照，没想到会遇见他，在一家咖啡馆的门口，他也看到了你，他的眼睛里有些惊讶，也许是惊叹你穿着风格的改变，你们缓缓走向彼此，他先开口说：“好久不见。”

爱情里幸运的是什么？是多年后见到彼此会说上一句好久不见，而不是假装没有看见，彼此擦肩而过。

在不懂事的年纪也许你错过了最好的他，却在你懂事的时候，当生活一切平稳之后，当你懂得什么是爱的时候，他又一次出现，而且他的身边并没有站着一位笑容乖巧腼腆的女孩，他还是微笑着看着你，用平缓而舒服的声音和你说话。

你们一同走进咖啡馆，谈起了这些年的经历，甚至会聊到这些年谈的对象，也聊这些年工作的变化，生活的变化。

你发现他成熟多了，是那种自己喜欢的男人的样子，他的眼神里都是温柔，说话的声音还带着宠溺。尤其当他不经意叫出那句“小傻瓜”的时候。

你好像经历短暂的时空穿越，回到了那个年轻不羁的年代，你又找到了那个愿意为他变乖的女孩，原来许多年过去，你并没有忘记这份温柔。

他也是。

爱情里最幸运的事是：多年不见，依然甚是想念。

剑圣喵大师说：这个时代真是有点可爱，朋友圈里充满着勾心斗角的敌人，黑名单里却躺着刻骨铭心的爱人。

别让这句话实现好吗？

“喝点什么”，“和你一样”

十四五岁，我们情窦初开，渴望得到一份爱情，希望我们喜欢的男生能够主动和自己打声招呼，不用放弃每天的午睡，偷偷地在篮球场看他打球。

十六岁，你和一个人处在热恋期，那个时候偷偷摸摸，生怕老师家长发现，这是你的初恋，一切都是如此的美好，望着他的眼睛就仿佛看到这个世界所有的风景。懵懵懂懂的你，想要和他过一生，想要把自己所有的一切都给他。也一起许诺，要在一起一辈子。

十八岁，终于结束了高中生活，高考结束，我们挥手道别，带着不舍的情绪给所有熟悉的面孔写下同学录，说以后一定天天联系，常常见面，却在多年后发现，有的人一转身一离开就是一生。我们怀着对彼此的难离难舍去往不同的城市求学，多少青葱的爱恋草草结束。有可能彼此还会许下一个约定，但最后那个年少的约定都随时间而慢慢淡忘。

十九岁，大学生活已经慢慢习惯，你也许已经遇见了一个新的他，和高中时期不太一样，此时此刻可以正大光明地牵手走在学校的小河边，可以在街头巷尾吃那些美味的路边摊，一起在学校的小广场拥抱，也开始学着去酒吧喝酒，去网吧打游戏。你开始做了那些你曾经从来不敢去想、去做的事情。

二十岁，你发现彼此都开始忙碌起来了，甚至每天见面的时间都晚了很久，也短了些许，因为都得为了未来而准备了，不能像大一大二那样庸庸碌碌。大家开始做自己的事情，距离也在不断地被慢慢拉开。

二十一岁，此时此刻的你也许正坐在电脑前投你的第一百份简历，想要找到一份与专业对口的实习机会，此时手机屏幕亮起来，是他发来的消息："我走了，要去别的城市了，不用等我了，照顾好自己。"你当时脑子一片空白，想要打电话问个清楚，想要发很多信息给他，想问他到底是怎么回事，虽然两个人都很忙，但是昨天还好好的一起吃饭，为什么？但最后你没有打电话，只是回了一条短信："嗯，好，再见。"

二十二岁，毕业了，又要忙学校的答辩，又要忙着找新的工作，一切都乱七八糟的，你在这样的忙碌中也忘记了感情的事。

二十六岁，高中同学在QQ上发来消息，说："都不知道你现在的电话，只有在QQ上给你留言了，过几天同学聚会，一定要来，收到信息请回复。"

这是多年之后再次和那些熟悉的人重聚，你精心地梳妆打扮，想让自己体面一些。可是在聚会上你看见了那个曾经与你说要一辈子在一起的人，他身边站着另一个女孩，你偷偷地看着他们幸福的模样，回忆起十八岁那年的种种。聚会结束，一个人走在回家的路上，路灯昏黄，你说已经过去那么久了，为什么还是会难过，难道初恋就这么难以释怀吗？

二十八岁，你收到好朋友的婚礼邀请函，你看着好朋友的幸福，为她掉下眼泪，这眼泪有一半是真诚的祝福，有一半是流给自己，毕竟自己还是一个人。听到好朋友说出那句“我愿意”，你也好想找个人对他说“我愿意”。

二十九岁，你还相信爱情，你觉得哪怕再晚，他总会出现，但是家里人比你着急，开始安排各种相亲，你被逼无奈，顺着他们的意思去了，也许也有一丝侥幸心理，觉得是否能够遇见一个人。但是在条条框框的相亲中，你打消了这个念头。相亲不过是找个条件合适的人结婚过日子，这并不是你想要的。

你不再听命于父母去相亲，你第一次违背了他们的意愿，你说你还不想恋爱，说要好好工作。

但是人生总会时来运转，坏的会被风吹散，好的也会踏浪而来。

那天下班，你拖着疲惫的身子走在人潮中，眼前有淡淡的薄雾，让这座钢铁都市显得更加不真实，但这城市的灯火也让这些街道有些星光闪耀，你戴着耳机，耳机里传出的是那种缓缓的伤感小情歌。路过一家咖啡馆，准备买一杯苦咖啡回家，正排着队听着歌。

这时，突然听到前面传来一个好听的男声。

他说："哎，你喝什么？"

你慌忙取下耳机，然后在与他眼神交汇的瞬间感觉心微微一动，紧张地说了一句："和你一样。"

他给你一个淡淡的微笑，然后买了两杯热奶茶，奶茶递到你手中的时候，你感觉如此的温暖。

你们并肩走了一段路，他说："刚刚就是觉得应该绅士一些，让女士优先，没想到你说了句和我一样，倒是让我一愣，不过你这句话挺暖人的，是我今天听到的最动听的话。"

你低头笑着，感觉像是回到了十六岁，像个情窦初开的小女生。

走到一个路口。

你说："我走这边，谢谢你的奶茶。"

他没有说话，递给你一张名片。然后挥手道别。

后来他成了你的男朋友，再后来，他成了你孩子的爸爸。

人和人的相遇好似偶然，但又像是必然，你惊奇怎么有那么好的运气就遇见了他，他好像是注定在那个时间那个地点出现。

我还看过一本叫做《秘密》的书。一开始我只是特别好奇，想知道书里写的到底是什么秘密，结果通读全书之后才发现，这本书就讲了一个观点：当你疯狂渴望某样东西时，整个宇宙都会联合起来帮助你实现它。

它告诉读者这个宇宙是充满吸引力的，好的思维和心态就会吸引好的故事进入你的生命。所以你要对生活保有一份期待，此时此刻的你就是最好的你，你也值得遇见最好的人，期待他的出现吧。

也许就在某个咖啡馆，也许就在下一个路口。

他会带着微笑，温柔地看着你，说一句“你好”，不会说再见。

他会给你一个臂弯，给你一个拥抱，帮你赶走阴霾，给你的生活注入阳光。

你所要做的就是等待，也许你的那个他正在穿越人海，拼命地奔向你。

你会遇见他的，就在那个刚刚好的时间、地点。

总有人会路过，也总有人会等你

总有人路过我们的生命，也总有人在等待着和我们相遇。

你总会遇见，总会分别，总会等待，也总会相爱。

夏眠习惯拿着电脑在咖啡馆找个靠窗的角落坐下来敲敲打打，那天他正写完一个段落，抬头看着窗外思索着之后的片段如何写，突然看到一个熟悉的身影。

她步履优雅，气质非凡，还是夏眠曾经喜欢的模样，不过她就那样从咖啡馆的门前走过。夏眠心想：或许，这就是我和她的结局吧。

最初的相遇也就是在这家咖啡馆，那个时候她是这家咖啡馆的老板，夏眠时常过来静静地看书写作，慢慢也就认识了。

她来这座城市三年了，其实最初来到这里只是旅行，她原本计划只在这里停留一个月，却因为遇见一个男人打破了她的计划。他们在朋友的聚会上相识，可以说一见钟情，也可以说有一种相见恨晚的感觉。总之她爱上了这个男人。

或许真实的故事比小说里的更加充满戏剧性，也许每个人都有不同的相遇，会触发不同的剧情。

他们在一起三个月，这三个月里男人给了她从未体验过的精心照料，让女人有一种嫁给他的冲动，可是男人虽说他就是本地人，却并没有带她回过自己的家。

突然有一天，男人就消失了，像人间蒸发一样，没有任何的预兆，手机关机，所有社交平台也再无更新。

她幻想着各种可能性，总认为男人不过是遇到了什么事情，不想连累自己，所以才悄然离开，于是她在这座城市待了下来，等了两年。第三年的时候租下了这家咖啡馆，继续等待，可是那个男人一直没有回来。当她和夏眠讲完这些故事之后，夏眠其实心中已经了然，男人不过是玩腻了，给了女人一场梦而已，可是夏眠并没有戳破她的梦，夏眠说男人也许会回来的。

夏眠总是在角落里端着咖啡，偷偷瞄她一眼，很多时候她趴在柜台上发呆，应该是在想那个男人吧，但夏眠觉得她总是那么迷人。

后来夏眠和她的关系越来越好，会一起去看电影，吃火锅，去电玩城抓玩偶，陪她逛街买衣服。

那天夏眠依旧拿着电脑去咖啡馆，看着她正在忙着收拾东西，她看夏眠来了，放下手里的活儿，拉着夏眠在靠窗的位置坐下。

她说："我要走了，在这个城市待了三年，已经没什么故事好探寻了，当然很开心能够遇到你，之后我们可以常联系。"

夏眠说："嗯，是要继续旅行了吗？"

她沉默了片刻，点了点头。

从那以后夏眠没见过她，微信联系也渐渐变少，最后她也深埋在夏眠的通讯录里。

看到她从咖啡馆路过时，夏眠和她已经好几个月没联系过了。正当夏眠微微失神时，手机屏幕亮起，是她的信息：“我回来了，你还在这座城市吗？我原本以为我回到这里是想能不能遇到他，却不想我回来之后第一个想到的是你，我想见你，你在吗？”

然后她推门而入，与夏眠四目相对。她惊讶地走过来坐下说：“我刚还给你发信息，问你在吗。”

夏眠说：“我一直都在，只是你当初没有发现。”

她说：“我本来准备去搭地铁回家的，路过咖啡馆后想着还是回来看看吧，这里是我们相遇的地方，也许能找找回忆，没想到你依然在。”

夏眠说：“其实你和我说你要走的那天，我本想和你表白来着，还让朋友准备了一个通宵，想要给你一个惊喜，但是却没有实现。”

她说：“对不起，我当初没有看到你的好。我们现在还来得及吗？”

夏眠说：“当然来得及。”

我们的生命中会路过很多的人，他们总是蓄势待发，甚至买好了机票，只有你自己总是被蒙在鼓里，以为他们会伴随你一生，最后他们悄然离开，你总以为自己做错了什么，或者他们有苦衷。

爱你的人，会穿越人海拼了命地奔向你，会披荆斩棘，把顾虑抛却脑后地寻找你，他会把你视为生命中不可或缺的一部分，他会给你在混沌的世界中继续前行的力量，而不是渐行渐远。

我们都很痴情，也愿意等待那个我们深爱的人，但如果他总不愿意退掉机票，他总不回头，我们为什么还要远远地看着他？

爱情一定是两个人的事，一个人的爱只能是单相思或者暗恋。

你叫不醒一个装睡的人，你打不开不对称的锁。

痴情并不是固执，我等你有我的期限。

其实夏眠已经定了离开那座城市的机票，却想不到再次遇见她。

她来得及想通了谁是对的人，夏眠也在等待的刚刚好的时间里，终于等到她。

等待是最浪漫的爱，那是一种别人无法体会的孤单。

如果我连发呆都没有可以想念的人，那我总能期待遇见一个人，这样的概率很大。

而我心里只一个人，我在等待他的归来，这概率其实很小。

等待有时间长短，给自己定一个时间，让命运为你们决定，看他到底是路过还是和你命中注定。

有的人总会路过，有的人总在等待，人和人有区别，爱与不爱也有差异。

你总会遇见，总会分别，总会等待，也总会相爱。

每个人都有自己的路要走，如果我们注定路过，那我就在终点等你。

有的爱情是自然发生，有的爱情无故消失，你看得见，却无法改变。

就像电影《从你的全世界路过》中的主角陈末一样，作为一个电台的情感主播，只有他心中有爱的时候他才能够去温暖别人，当他孤独的时候，所有的人都只能从节目里听到孤单。

我们所有人都一样，看待别人的爱情，我们说得头头是道，可是面对自己的爱情却无能为力。

人们都说年轻的时候谈的恋爱才叫爱情，长大以后谈的恋爱就是任务。但我认为爱情应该属于每一个阶段，它并不属于人生的某一个特定的时间，而是属于特别的人。

如果你愿意为了一个人去改变自己，甚至改变人生，去做尽疯狂的事情，我想这就是爱情。

陈末问茅十八："为了喜欢的人改变人生值得吗？"

茅十八答："值得。"

什么是爱，或许就是爱了然后搞出了好多的事情，这就是爱情。

所以陈末可以为了小容说："我是蠢货。"

可以故意赔给小容五十万。

可以让全城的车子打着双闪。

可以去终点等待爱情。

为什么陈末没有离开电台，不过就是想要陪着深爱的她，哪怕捣蛋闯祸也要引起她的注意，让她的眼睛再投射到自己的身上。

猪头的爱情为什么没有圆满，因为猪头从始至终都不懂燕子。这和现实中大部分的男人女人相同，我们认为爱一个人就是要给对方一切自己认为的好，但是对方想要的真的是这些吗？

沉浸在自以为是的爱情里，觉得只要对方还在，那就说明自己做的一切都是正确的，但如果你能懂得对方，那结局是否就会圆满呢？

对方或许就不会离开了。

比如荔枝，她为什么会爱上茅十八，因为她曾经历了一段深深的欺骗，前男友说好领证，可是在领证当天却说忘了带户口本，而后就消失得无影无踪。

所以荔枝要找一个茅十八这样从来不会说谎的人。

茅十八说："探索宇宙的奥秘已经很累了，没精力撒谎。"

幺鸡为什么爱上陈末，因为在她最孤单的时候，陈末给了她温暖和力量，成了她的一把伞，挡住了寂寞。

爱上一个人其实都是有原因的，换句话说，都得图点什么。

就算是初次见到他的时候，他刚好穿了一件你喜欢的白色衬衣，这也是原因，图的是一种感觉。

你会因为什么而爱上一个人，你现在可以好好地想一想了。

那为什么最后会分手，其实也是有理由的。

小容想要的是更广阔的天空，她想要到达的是更高的地方，所以她投资，所以她一直努力地争收听率第一。

燕子想要的是和她的世界观相同的一个人，而不是在胸前文了一只燕子的猪头。燕子觉得难看，燕子不喜欢这样的惊喜，就像那件蓝色的礼服或许根本就不适合燕子，只是猪头一厢情愿罢了。

荔枝的前男友为什么离开，不过就是因为不爱了，这也是理由，就这么简单。

你总是问我，为什么明明当初那么相爱的两个人，怎么就突然变成了最熟悉的陌生人。

反正总会有一个理由让他路过你的全世界。

你何必斤斤计较。

电影《后会无期》中有一句台词："小孩子才分对错。"

你总是在一段失败的感情中寻找到底谁错了，又错在了哪里。

其实爱情里没有错与对，只是存在利与弊。

对一个人好或许是爱情的开始，就像猪头对燕子，茅十八对荔枝。但最后在维系爱情时，一定要懂得对方的欲言又止，记住对方所说过的话及自己所说过的话。

就像幺鸡记住了陈末所说的，他会在稻城和自己最心爱的人永远在一起。

陈末记住了自己所说的话，如果你从我的全世界路过，那么我就在终点等你。

其实我们每一个人都在等着一个人，或许他是一个特定的谁，也有可能你自己都不知道他是谁。但是我们一直在等，等有一个人真的走进我们的世界。

这个世界上孤独终老的有几个？最后总会等到合适的人。

这段路很长，而且总有一段是需要你自己一个人走的。

那些出现在你生命里的每一个人，他们都会路过你，无论是谁。只是停留在你身边的时间长短不一而已。

这个世界每天都有人过生日，或许一个人，或许很多人一起过。

每天也有人在一起，也有人分手；每天有人出生，也有人离去。

我们都是简简单单的普通人，都一样期待着一份美好的降临。

或许此时此刻的你正独自一人看着这篇文章，但我要告诉你，至少我还陪着你，我也会从你的全世界路过，但我会陪你走上一段，时间是个好东西，它能够抚平你的伤痛。

感谢素不相识的你看到这篇文章，因为我终于也出现在了你的生命里，至少你知道有这么个人路过了你的世界，也给你带去了一丝温暖。

我们都希望出现一个如你一般的人。

如山间清爽的风，如古城温暖的阳光。

只要最后是你，就好。

两个人要怎么相处才能共度余生

一连忙了好多天，忙着谈客户，忙着沟通细节，忙着主持活动。

已经记不清主持过多少场婚礼，很感谢这么多对幸福的新人能够信任我，并邀请我担任他们的婚礼司仪。

还记得最初的时候，做这一行确实只为了养活自己，那个时候刚刚开始主持没什么经验，几乎就是看几个老前辈的视频，在家里对着镜子练习几遍，可能因为我是学播音主持的，很快就上手了。

婚礼司仪和以往商业活动的主持带给我的感觉完全不一样，这是我在主持了近两年时间后才发现的。

最初不论是婚礼还是商业活动，我一上台就开始背台词，按照一个又一个的流程走下去，一场活动下来，领钱走人，不带太多情感。

现在发现，婚礼是很讲究仪式感的，而且在一次又一次的与新人见面中，作为司仪，我是真的能够被新人的幸福所感染的，他们总是微笑着向我讲述自己的爱情故事，一个又一个美好的故事，让我在那一瞬间，忘记了我曾经在感情中受过的伤，也忘记了，有幸福的人，就也有伤感的人。

李哥和静姐在一起十年，期间分分合合，在幸福和痛苦中徘徊，或许一开始他们并不合适，总是伴随着争吵，但在冷静下来之后还是觉得离不开对方，还是会不远万里地去对方所在的城市寻找，找回当初在一起时的理由。

静姐眼睛里闪着泪光，说自己十六岁就和他在一起了，现在二十六岁嫁给他，整整十年里经历了太多的苦难：高中毕业之后各奔东西，开始异地恋；大学毕业努力去同一个城市发展；回到家乡父母又反对两人在一起；最后两人磕磕绊绊生活在一起，但是始终没有分开的念头。现在回头看看当时那些觉得过不去的坎儿，也能笑着讲出来。

在谈到李哥有什么感动自己的地方时，静姐笑笑说："或许在一起就是最大的惊喜，不离不弃就是对爱最好的诠释，陪伴就是对爱最好的表达，而结婚就是爱情最好的回馈，我觉得我每一分每一秒都在感动。"

婚礼当天，李哥和静姐随着《婚礼进行曲》缓缓走上舞台，面对面而立，我把话筒递给李哥，李哥还没说话，就掉下了眼泪。或许这眼泪说明了十年里他们经历了什么，这是其他人都不能感同身受的——那些异地时独自思念的夜晚，那些吵架后赌气离去的心酸，那些应对父母阵阵咆哮时的无奈与坚持，在此时此刻望向对面这位姑娘时，终于都化成眼泪簌簌掉落。

我说："李哥你还记得她十六岁的模样吗？十年的岁月可能改变了她的面容，但是改变不了她的心，有什么话，鼓起勇气，告诉她。"

李哥强忍住眼泪，哆哆嗦嗦地说了三个字："我爱你。"

其实彩排时，在这个环节李哥嘻嘻哈哈地说了一大堆的誓言和承诺，却在真正来到的最重要的时刻，只用了三个字就表达完了所有的情绪。

也许有的"我爱你"充满着谎言和敷衍，但是我相信李哥的这三个字却是他最想对静姐说的。

李哥不善言谈，但静姐对他还是保持着一份笃定，她看着李哥，眼睛里淌着泪水，嘴角却微微扬起。

静姐拉着李哥的手说："我懂你的欲言又止，我知道你总是说得很少，但是做得很多，我的性格不好，你却总是包容我，我总是无理取闹，但你也总是配合我。我赌气，你就在一旁嘻嘻哈哈逗我开心，一个大老爷们穿着我的裙子在我面前跳舞，我知道你所有的好。我爱你。"

李哥一把将静姐拥入怀中，音乐响起，在现场热烈的掌声中，他们相拥而泣。

婚礼司仪就是这样，你能近距离地感受到什么才是爱，简简单单的爱，没有那么多轰轰烈烈。很多新人不知道怎么去浪漫求婚，不知道怎么给对方一个惊喜，但是他们懂得在漫长的生活中相濡以沫、不离不弃。

记得一年前的冬天，我接了一场在小镇的婚礼，婚礼是露天的，婚礼现场就在新人家三层小楼的楼下，婚礼舞台的前方，是十几张桌子，亲朋好友围坐在那里，祝福着这一对新人。

他们这里有一个习俗，就是在新房的床头柜上点一支蜡烛。那天婚礼开始后，大家热热闹闹地在楼下看婚礼，吃着菜，喝着酒，欢笑着。

这个时候突然有一个人大叫，说楼上窗户缝里冒着黑烟，现场慌乱起来，想必是蜡烛翻倒，点燃了被褥，窗户又是紧闭，可能已经燃烧了许久。有人冲上二楼，打开新房的房门，火势已经不能控制了，赶紧拨打119。

大家都忙着救火，新娘倒在新郎的怀里，哭着说房子没了，家没了。新郎说了一句我至今认为最浪漫的情话。

新郎说："媳妇，没关系，有人才有家，老公就是你的家。"

我见证过太多的爱情，这些步入婚礼殿堂的男男女女没有任何一对是顺风顺水的，他们在一起之后总会遇到各种各样的困难，或许这就是对爱情的考验，坚持过去就是海阔天空，坚持不了也许就是分道扬镳。

总是有很多小伙伴发来信息向我倾诉，说男朋友/女朋友怎么怎么了，或者因为一些其他的因素，比如现实或是父母反对等最后不能步入婚姻。

我总是会告诉他们："如果爱，请你们学会坚持，因为很多的问题并没有确切的办法去应对，只能走一步看一步。有很多时候你们会觉得无能为力，但是你们还是可以选择坚持，到底坚持什么，请自己好好去思考，总之不放弃就是对爱情最好的负责。"

无论在爱情中经历何种考验，请相信，只要不放弃，你们就能共度余生。

遇见你以后，所有的人都是路人甲

我和你差一场说走就走的旅行。

钱锺书在《围城》一书中有提到：

“辛楣道：‘像咱们这种旅行，最试验得出一个人的品性。旅行是最劳顿，最麻烦，叫人本相毕现的时候。经过长期苦旅行而彼此不讨厌的人，才可以结交做朋友——且慢，你听我说——结婚以后的蜜月旅行是次序颠倒的，应该先同旅行一个月，一个月舟车仆仆以后，双方还没有彼此看破，彼此厌恶，还没有吵嘴翻脸，还要维持原来的婚约，这种夫妇保证不会离婚。’”

正如文中所述，旅行是最能看破对方脾性，了解对方是否是自己长期伴侣的好方法。而婚后蜜月就算你看透了，多数人也都忍了，结都结了，能怎么办？

在结婚前，不妨先不要忙于婚礼事宜，双方协商来一场说走就走的旅行，一来放松婚前紧张的情绪，二来验证对方是否能在疲乏的旅途中仍然保持关心和照顾。不厌烦，不埋怨。

结婚时，两个人的家庭基本上要处于同一阶层。

古人所说的门当户对是有道理的，虽然小年轻们总是不以为然。

谈恋爱最后是要走进婚姻殿堂的，婚姻不是两个人一时心血来潮的过家家，不是只要有乐趣和激情就能成就婚姻。

婚姻是两个家庭要在社会上处于同一个社会地位，有相同的人生观价值观。

就好比说，两个经济差距很大的家庭，双方父母对于对方的消费观，对待事情的处理方式都会产生分歧。这也是很现实的问题，这样的问题得不到解决，无形中会给两个人的生活带来很多压力。

虽然是崇尚了自由恋爱，但是并不是说家长不会去了解对方的家庭并做出客观的评价，让“自由”变“不自由”这也是父母的一番苦心。想要顺利地走下去，家庭是很重要的因素。

同时两个人在一起，要有多重的角色扮演，不仅仅是男女朋友、夫妻、父母、情人，也要是红颜/蓝颜知己，最重要的是要成为朋友。

咱们想想自己交朋友的准则，肯定是那些兴趣相同，能有话聊，不尴尬的人才能成为朋友，所以对于两个人是否能在一起一辈子这一点很重要。

女人可以陪着男人看看球赛，玩玩游戏，男人可以陪女人做做手工追追偶像剧，不只是单纯的陪伴，而是要真心爱屋及乌的喜欢上对方所喜欢的东西，能一起玩一起闹，这样的关系才能达到自然和睦。

有话就能直接跟对方讲，哪怕坐在一起不说话都不会无聊或者觉得尴尬，分享彼此的秘密，像朋友那样是最好的状态。

而有的时候很多的爱情却是表面上看起来恩爱，其实背地里处处潜藏着危机。两个人四处旅游，畅享各地美食，过着优哉游哉的日子，男人多金，女人貌美，当然对方不会离开你，因为一切都很美好。

那如果有一天男人破产了，女人会愿意陪伴男人东山再起吗？如果女人老了变丑了，男人还会为女人的石榴裙折腰吗？之前网上非常火的一句话：男人只有穷一次才知道哪个女人真心爱你，女人只有丑一次才会知道哪个男人真心爱你。

事实就是这样，人们总是向往着美好的事物，可是不管是生活还是爱情，总会出现多多少少的问题，那出现问题的时候，对方是什么态度，是愿意同苦呢？还是转身离去？

所以能陪伴一生的那个人一定是能和你同甘共苦的人。

人性的弱点，每个人都很自私，在感情当中亦是如此，那么在两个人的爱情中一定要学会为对方多考虑一些。

两个人谈恋爱，要多想着为对方多做一些什么，心甘情愿。无论遇到什么，一定得多为对方考虑，不管是生活中的困难，两个人的误会，工作的压力，关系的处理，人总会有烦恼，学会善解人意才能让感情更为长久。

男女思维不同，很多时候两人的矛盾就出在这里，各抒己见，并不是谁一定错了，多听听对方的话，多站在对方的角度思考，也许就不会出现那么多的问题。

所以要在一起一辈子的一定是能够想对方所想，理解万岁。

两个人的爱情虽然说肯定会有一方爱对方更多，但是并不是说你得处处去迎合对方，如果你在这段感情当中都不能做最真实的自己，一直得装，得作，你累的不只是现在，得累一辈子。

刚谈恋爱的时候两个人肯定都会展示最好的一面给对方看，去吸引对方，在一起之后才慢慢地显露出一些毛病和缺点，这个时候如果对方依然能够接受不完美的你，这恋爱才有的谈。

你在对方面前应该是最自然的状态，平时生活是什么样，在一起时不过就是多了一个人在身边而已，不会觉得不自在，不会刻意地掩饰，可以做最真的自己，这才是两个人最好的状态，也是能不能一辈子在一起的关键。

确定对方是不是能在一起一辈子，最重要的因素是爱。爱是什么？很多人说不知道，其实解释起来也很简单，就是想和对方有故事。

也就是说想让自己的故事里有对方可以演对手戏，如果你都不爱对方或者说对方不爱你，那上面所说的所有认证方法都是白扯。

能在一起一辈子一定是比普通的爱还要更深一步，而且是心甘情愿地和对方步入婚姻，没有任何顾虑。

爱情说难也难，说简单也简单，缘分让两个人遇见，能不能在一起一辈子，还是得看造化。

别爱得太满，别人会把它打翻

两份一样的招牌意面端了上来，姑娘坐在我对面，她还是那么瘦，总想让她多吃一点，但是每次她都会把吃不完的餐盘推到我面前，然后一脸阳光地笑说："不要浪费哟。"

这次也一样，但是突然间她好像觉得有些不妥，又把餐盘拉了回去。

我笑着说："这几年过得怎么样？"

她有些害羞："还行吧。"

叉子和餐盘在亲密接触中发出的叮叮声，仿佛在嘲笑我们这些年虽然都混得不错，但连个对象都没有。

姑娘是我高中时代的女朋友，记得那个时候总喜欢和她在河边散步，畅谈未来的梦想，也聊未来我和她会有什么结局。

那个时候的自己不懂事，也不懂得珍惜，也就这样错过了她，多年后我们成了朋友。

我看着她从青涩的小女生成长为现在的一身职业装的小女人，

除了还是那么瘦，其他的都变了。

以前总是一惊一乍，现在沉稳了许多。

我认识她那会儿，她思想一根筋，在一次聚会上，第一次见面，她就说喜欢我。那天晚上我心情不好喝了很多，她就非要送我回家，还拉着我不让我上楼，直到我妈妈打来电话催促，她才离开。

这也是我第一次被女生送回家，感觉还挺特别的。

现在想想，那个时候的她爱得如此直接和纯粹，单单就是喜欢一个人，后来为什么会分开，也许是她爱得太满，而我爱得太浅。

那个时候我正高三，学习压力特别大。

她总是给我发短信，说不要太辛苦，要照顾好自己。她和我不一所学校，相隔12个站，但我放学后总能在门口看见她。

然后她会和我一起走路回家，她说她家住我家附近，而分手之后我才从朋友那里得知，她家和我家其实是反方向，每天陪我回家后，她会独自坐车回家。

每次我在校门口看见她都会说："你怎么跟个男孩一样，又是在校门口等我，又是送我回家，我感觉我自己就像个妹妹一样。"

而她总说："我就是喜欢你，喜欢等你，喜欢和你一起回家，我喜欢做这些事情，所以你答应和我在一起了吗？"

我说："等高考结束再说吧，我想好好努力一把，考个好点的学校。"

记得她曾做了一件特别勇敢的事，高三的时候我爸妈管我管得特别严，短暂的周末我也被“软禁”在家里学习。我被压力压得喘不过气，那几天总把气撒到她身上。

那天，我正趴在书桌上无精打采地看书，突然听到有人在喊我的名字。

拉开窗户，看见她就在楼下。

我低声对她说：“干吗呀你。”

她大喊：“善尼，我喜欢你，特别喜欢你。”

周围的窗户都打开了，探出很多好奇的脑袋，我家窗户还靠着街道，街上的人都朝上看，我本就比较内向，赶紧缩回头来。

妈妈一脸惊异地走过来，我二话没说直奔楼下，拉着她就跑。

跑了一阵，两个人都有些吃不消，可我怕妈妈追上来，所以又跑了很久，最后见身后没人了才转头对她说：“你干什么，疯了呀！”

她看着我就笑，也不说话。

但我确实被感动了，第一次拥抱了她，也夺走了她的初吻。

高考结束，我成绩还不错，考上了本科，她当着我的面总是特别开心，替我高兴，其实我知道她心里很难过，因为我要离开这座小城，去其他城市念书。她总是笑呵呵地说，两年后她就考到我的学校来。

她依旧对我很好，在高三结束的那三个月假期里，我们每天都待在一起。

人是会把另一个人对自己的好当作理所应当。

我对她满满的爱并没有感恩，一直享受着她对我的一切好，我去上大学时，还信誓旦旦地说会等她来，但是当我在学校遇见一个自己喜欢的女孩时，我只给她发了一条短信，说："我们分手吧。"

那时候她高二，然后她逃课来学校找我，站在我面前，哭得稀里哗啦。

我说："我不喜欢你了。"

她说："可是我爱你。"

我转身就走，她应该是在那个时候彻底死心的吧。

但不得不说，在一段感情当中，真的不能爱得太满，因为对另一方来说，你失去了新鲜感，也失去了一种姿态。

爱情本来应该是平等的，但是却因为你爱得太多，付出得太多，甚至放低自己的姿态去迎合对方，认为只要对他好就一定会感动他，而后来你会发现，你只是感动了你自己。

就像你给他发了无数条信息，他就回了你一个"哦"字，你明明已经很失落了，但是因为你的喜欢，你继续发信息给他，"你是不是很忙呀。""不忙的时候回我消息吧，没事的。"

你难道不知道，你对他的好，在他看来已经是一种烦，他根本就不想和你说话。

很多时候你主动找话题，刷好多微博，刷朋友圈，把朋友的事安在自己的身上，然后小心翼翼地在和他的聊天框里打出："你知道吗？今天我遇到一件特好玩的事。”然而他并没有多大兴趣，可你还是说了一大堆，只是为了能和他有的聊。

也许你们在一起了，他总打游戏，你就学怎么打游戏，想要陪着他，想要和他有的聊。哪怕他总骂你为什么那么坑人，你就不能认真点吗？你也总低头说自己错了，下次会注意的。请问你的姿态哪儿去了？

一段感情达不到平衡点时，就会倾斜，爱得太满的一方就会被另一方全盘否定，将你的爱打翻，甚至扔在地上，任人踩踏。

千万不要爱得太满，太用力，你失去自我的时候，也是失去爱情的时候。

几年后，我渐渐懂得了这些道理，于是主动找到她，当然不是奢求她还爱我，我们还能回到最初，只是想看看能不能在其他方面帮助她，弥补年少时对她造成的伤害。

她说离开我之后，她谈过几次恋爱，还是一如既往地全心全意付出，到头来落得个不欢而散。

我拉过她没有吃完的餐盘，笑着说：“我还没吃饱呢。”

吃完饭之后，我们一起去喝奶茶，老板说：“第二杯半价。”

我说：“我要两杯。”

看不见你的笑，我怎么睡得着

冬天一点也不冷，因为你在，这些年为你变得更加阳光，是因为想模仿你的样子。你曾经带给我的温暖，我毫无保留地给了全世界。

每一位电台主播曾经也都是听众，包括我自己。

青涩的高中年代，那个时候根本没有智能手机，每晚回到宿舍睡觉前，我都会用收音机听广播。最开始我用耳机听，后来我发现宿舍的其他人也开始听广播了，便把收音机放在宿舍中央的桌子上，大家每晚就都躲在被窝里，听着那个我最喜欢的音乐电台缓缓入睡。

我们兜兜转转经历了无数岁月，而最后最怀念的还是青春里的故事，那穿着校服坐在跑道边的女孩，那在篮球场上挥洒汗水的学长。你一定在青春里喜欢过一个人，他的光亮让你觉得自己卑微渺小，默默地看着他熠熠生辉，最后的最后，不管结局如何，或喜或悲，这都是青春。

从小小的收音机里我们听到的不仅仅是一个又一个别人的故事，其实也都仿佛听见了自己的故事，因为青春的故事基本大同小异。

我们宿舍一共八人，到现在都散落不知去向，记忆也随着时间慢慢淡忘，但唯一能记得的就是那个又瘦又高的傻瓜，我们叫他“猴子”。

叫他猴子的原因是因为他很会爬树，他说他小时候没什么娱乐项目，就和村里的小伙伴爬树摘果子吃，他很怕狗，只要一见狗，他本能就会找最近的树爬上去。

猴子喜欢上了艺术班的女神，他是偷偷告诉我的，我也没有在意，因为那是校花，宿舍里每个人都跟我讲过喜欢她了。

为什么都跟我讲呢，因为整个宿舍就我是艺术班的，而且和女神关系特好。我从小学习钢琴，而女神是后来才学艺术的，所以经常在专业上请教我，我也算是她的半个小老师吧。

所以每次练琴，宿舍里除了胖子以外的这一群傻小子都会在教室外等我，借口是等我下课一起去食堂吃饭，其实就是想来看看女神。

后来慢慢的来等我下课的人越来越少，因为他们都觉得女神太遥不可及了，所以大都放弃了心中的小想法，而猴子却还是天天来门口等我。

久而久之，女神也注意到猴子了。猴子总是买两瓶水，一瓶给我，另一瓶还是给我，由我转交给女神。后来女神也会和猴子聊聊天，猴子总是在夜晚我们听广播的时候凑到我身边，细碎地说一堆他和女神的聊天内容，那一副春心荡漾，和电台里说的一模一样。

你会喜欢一个人，开始关注她的一切，你会总想着她，今天累不累，今天有没有注意到自己，她和你说几句话，你会觉得这是恩赐，她送你的礼物，你会一直留在身边。

至于礼物，猴子过生日的晚上，女神和我们一起给猴子庆祝。那会儿汶川地震刚结束，都是在板房里上课，晚上我们偷偷从宿舍溜出来，在板房里点燃蜡烛，一起给猴子唱生日快乐歌，我还特意在电台里给猴子点了一首歌，就是那个每天晚上我们都听的电台。

“各位听众朋友，今天呢，我们有一位听众朋友过生日，他的好朋友善尼在这里为他点了一首歌曲，祝你生日快乐，猴子。”

我点了一首《彩虹》，因为那会儿大家都喜欢周杰伦，也觉得这首歌蛮好听的，所以就点了，而刚刚好很对应那个时候猴子每天的心情。

“看不见你的笑，我怎么睡得着。”猴子每天晚上都在我耳边嘀咕，每句话都不离女神的名字。

电台放着歌，我们开始给猴子送礼物，小娜送的盆栽，我送的周杰伦的CD，胖子不知道送什么，送的钱。女神也准备了礼物，是一条小猴子的项链，猴子看着女神的礼物，激动得眼泪差点掉下来。

猴子从来不戴着项链出门，他把项链小心翼翼地藏在枕头底下，他说：“我舍不得戴，怕坏了，怕脏了，这是女神送我的嘞。”

猴子总能逗得女神哈哈大笑，因为猴子太胆小，而每到周末我们都得回家，猴子总是拖上我、胖子、小娜坚持送女神回家之后，我们才可以回家。尽管每次送女神回家时，都是我和女神有说有笑，胖子和小娜在说悄悄话，猴子呢，只在一边偷偷瞄女神，什么也不说。

有一次，我们突然听到猴子一声大叫，然后就看见他噌噌地就爬上了树。我们还一脸莫名其妙的时候，猴子就在树上大吼大叫了：“哎，后面有狗，你们小心点，小心它咬你，善尼保护好女神！”

我和女神转头一看，一只小泰迪，女神哈哈大笑，我一脸鄙视。胖子把泰迪抱起来，小娜摸摸泰迪的头。

那会儿才高一，学业任务也不太重，所以周末我们会组织去野炊，直到现在还觉得那个时候的星空真的特别美，而现在已经没有了看星空的闲心了，也没有了陪自己看星空的人。

猴子、女神、小娜、胖子，我们五个躺在草地上，看着满天的星星，身旁放着广播，听着电台里主持人的声音。我们都不说话，各自有各自的心事。

猴子也许在想女神，哪怕女神就在身边。

而女神也许对猴子有好感了吧，不然怎么总提到猴子？有一次猴子没来送水，女神还关心呢，那次好像是猴子被胖子拉去打游戏了吧。猴子一脸不情愿，但是胖子力气太大，硬把猴子拽走了。

小娜是个充满幻想的少女，她想什么我真不知道。

胖子一定在想明天吃啥，因为他脑袋里就吃、游戏和小娜。这会儿游戏打不了，小娜在身边，那就只能想吃了。

那个夜晚，大家都有各自的心事，也没有点歌。

现在我想要点一首歌给他们，却不知道他们在哪里，那些不在我身边的人，都被我写进了故事里。

猴子和女神的故事，小娜和胖子的故事，我都写过，这一切都是真实的，如果你们看见了，请和我联络。

但我能确信的是，猴子一定不会再联系我了，因为他的笑容和那条项链一样留在了高中时代。他留在我心里的永远都是又瘦又高又胆小又勇敢的形象。

那一次是学校组织的春游，在一个有山有水的地方。我们五个人经常去野炊，所以很有经验，我们带着烤架，买好了各种食材，把所有的同学都喂得饱饱的。我和小娜、胖子他们打牌，女神和猴子说要去别处转转，他们离开的时候，我们一脸他们有事要发生的表情，周围的男生们也是一脸羡慕。

直到听到女神的呼救，我们赶过去的时候，猴子已经不见了。女神全身湿漉漉的，一脸惊恐地指着河水，我们也不知道发生了什么，女神也不说话，就是哭。大家大概猜到猴子溺水了，但是谁也不会游泳，谁也不敢下水。

猴子最后被救援队从河水里打捞了出来，我们除了哭，不知道还能做什么。

后来女神说当时她不小心掉入水里，猴子第一时间跳下去把她救了上来，但是当她转头看向河面的时候，猴子已经不见了。

所以猴子是勇敢的，他不是那个胆小怕狗的家伙。

那条小猴子项链，我从猴子枕头下面拿出来，本想还给女神的，女神说让我留着，也算一份纪念。

后来每年的10月30日，我都会去电台点一首《彩虹》当作猴子的生日礼物，直到后来听不到那位电台主持人的声音。

再后来我做了电台主持人，也会在每年的10月30日，放一首《彩虹》送给猴子，祝他生日快乐。

“看不见你的笑，我怎么睡得着。”

最后猴子看见了女神的笑，他也永远沉沉地睡去。

我只是很怀念青春里那个又瘦、又高、又胆小、又勇敢的少年，怀念那个怕狗又很会爬树的少年。

时光的流逝，让那个青春里陪伴我们的电台消失了，女神也不知去了哪里，猴子也变成了项链一直挂在我的脖子上。

那些年，那个有故事的电台主持人见证了我们的青春。而现在，我用我的声音给你们讲我的青春。

也陪你们度过青春。

在身边的人，都融进了我们的生活，不在身边的，都成了故事。

而我要把不在身边的他们都写进故事，永远珍藏。

我一直坚信猴子就是彩虹，哪怕在河水下，他也是五颜六色、七彩斑斓的。

像他的青春一样。

猴子，生日快乐！

你一出场别人都显得不过如此

那时候我们刚刚毕业，我、恰哥、大黑租住在一栋老旧小区，付完房租，我们用剩下的钱买了一袋大米和十几包榨菜。

每次我们就蒸满满一锅白米饭，就着半包榨菜填饱肚子。明明每次锅里都还剩下小半锅米饭，但是第二天却从来没见着过。

晚饭过后我组织召开声讨大会，看到底是谁晚上偷吃了剩下的白米饭。

大黑一脸正气，表明不是他干的，我当然也不会。最后恰哥不好意思地举手。

正当我们准备群起而攻之的时候，恰哥突然起身跑了出去。

我们坐在沙发上不明所以，恰哥就抱着一只小狗走进来，指了指这只全身金黄、脸扁扁的小狗。恰哥说它叫小黄。

我们会意，米饭给小狗吃了呗。

大黑不怎么喜欢这些小动物，噘了噘嘴说："我们都不够吃了，你还收养只小狗。"

恰哥笑着也不说话，抱着小狗一直摸它的头。

就因为这只小狗，恰哥这个万年单身居然找到了女朋友。据说当时恰哥在小区楼下发现这只小狗的时候，草莓也正好路过，恰哥表示可以为小狗提供饮食，草莓表示可以让小狗去她那里住。

草莓就住我们楼上，所以后来恰哥就搬出去和草莓住一起了。

有天和大黑回家，到了小区楼下，大黑东张西望。

我问大黑："你干啥呢？"

大黑摸摸后脑勺，"我看看有没小狗，我也想要个女朋友。"

我白了大黑一眼："神经病啊！"

其实很多时候人的运气好了就会一直顺下去，恰哥不仅找到了女朋友而且还找到了工作，在一家挺不错的策划公司。听说这公司还是分公司，老板很赏识恰哥，说干好了有机会调去总公司。

恰哥和草莓这段恋爱在朋友间算是轰轰烈烈了，各种"撒狗粮"。平时吃过饭后散步，他们俩牵着小狗在前边走着，大黑和我就跟在后边。吃饭的时候，大黑玩他的手机，恰哥和草莓在对面卿卿我我，我就盯着他们，他们也没有半点不好意思。

在他们撒狗粮的日子里，发生了很多变化。大黑搬走了，因为家里有一些急事。恰哥在公司做得特别好，升职了。我从公司辞职开始筹备创业了。小黄长大了，草莓更爱恰哥了。

那天恰哥生日，草莓让我去她家帮忙布置，想要给恰哥一个惊喜。我们在客厅挂满了五颜六色的气球，在地面上用玫瑰花摆了爱心，用蜡烛摆了恰哥的名字，给小黄身上绑上红色的丝带。草莓拿出了一颗戒指，挂在小黄身上，草莓这是想向恰哥求婚呀，我已经预感到晚上会被撒一脸的“狗粮”。

我的任务就是在卧室里抱着小黄，等恰哥回家，然后等他们俩先浪漫一会儿，然后放小黄出去。

小黄出了卧室门就向恰哥扑去，草莓从小黄身上取下戒指半跪着向恰哥求婚。我躲在卧室的门背后看着这一幕，心里想着，如果有个姑娘这么向我求婚，我铁定幸福死了。恰哥当然也很激动，两个人拥抱在一起，小黄在地上摇着尾巴蹭着恰哥。

不过也是在这个夜晚，恰哥告诉我们，说他被公司调去总公司，要去北京。

草莓脸上还挂着眼泪，不知道是因为刚刚的求婚还是因为恰哥的离开。

草莓问：“你什么时候能回来，我等你。”

恰哥说：“可能就一年时间吧，明年生日我就回来了，你和小黄等着我。老板说，去那边待一年，做一个项目，项目完成我可以拿到一笔钱，足够我们新房的首付了，我想给你一个家，一个有花园的家，一个更加温暖的地方。”

草莓不住地点头，其实我也很是不舍，毕竟当初一起出来闯荡，大黑回家了，现在恰哥也要离开。恰哥转头对我说：“善尼，我不在的日子里，帮我好好照顾草莓，这个项目很重要，我会很忙，草莓就算来北京我也没时间照顾她，所以这一年就拜托你了。”

第二天去机场，草莓一直哭，恰哥一直安慰。

离别的场景我也不喜欢，我站在很远的地方看着他们，眼睛里湿湿的，突然发现那些曾经在身边相依为命的人，一个一个地都会离开，每个人都有每个人的路。我们就算恋恋不舍，也还是得学会告别，毕竟他们的离开都是为了让未来过得更好。

生活从来就不易，那些不得已的分别，还不都是为了让生活更好，我作为好兄弟能做的就是站在一旁真诚地祝福，希望他们一切都好。

恰哥去北京后一直特别忙，给我通过几次电话，基本都是抱怨，说压力特别大，总觉得扛不下去了，我只能鼓励他。其实我在创业路上也苦难重重，这世界哪有什么容易的事，想要让自己变得更好，就必须经历那些艰难的时光。坚持说来简单，但真的做到却太难，不过我们还是必须得继续向前走，因为我们没有退路：爸妈在变老，我们努力的速度能否赶上他们老去的速度？我们赚的钱能否给爱的人更好的生活？现实的问题太多，我们不得不坚持。

我相信恰哥和草莓通电话的时候一定不是抱怨，一定是各种讲自己在那边过得有多好，吃得好穿得好赚得多吧。因为草莓每一天都带着笑，那是一种幸福的等待。草莓一定特别期待恰哥为她戴上婚戒的那一刻，期待着穿上白色的婚纱和恰哥走过曾经的泥泞，一起住进有花园的新房，带着小黄，未来还有小宝宝，生活越来越好。

时间过得真的好快，这一年时间里我回了两趟家，第一次是大黑的婚礼。

去参加婚礼的时候看见那姑娘，我偷偷问大黑，你以前选女友标准不是这样的呀。

大黑摸摸后脑勺说，哎呀，家里介绍的，有固定工作，朋友圈也干净，这姑娘性格也好，是个顾家的姑娘，挺好的。

大黑虽然没说他这么急急地结婚是为了什么，其实我都能猜到。在婚礼现场，大黑站在舞台上总是往台下父亲坐的位置看，他眼睛里全是眼泪，我相信这并不全是因为这场婚礼，更是为了父亲脸上久违的笑容。

说真的，生活中真的有太多无奈，我们很多时候无可奈何，但是我们一定会有一个权衡。我们能够为了那些我们觉得重要、必须要去捍卫守护的去付出，哪怕丢掉一些我们曾经的坚持，只要能够保全一个叫作爱的东西，我们也心甘情愿。

第二次回家，是因为爷爷的离开。爷爷八十多岁了，我回到家的时候，看见爸妈和家里的亲戚都在忙着招待客人，家里并没有特别悲伤的气氛。我其实很纳闷，为什么爷爷走了，大家都不伤心。送走爷爷那天，我一直在哭，想起了小时候爷爷给我讲故事，给我留好吃的糖，给我摘树上的果子。

后来母亲告诉我，人的离开都是自然的规律，我们改变不了的。虽然我们舍不得亲人的离开，但是总要学会去接受，伤心了就哭吧，但是哭过之后还是得坚强地继续向前走。我们每一个人身上都承载着一些目光：家人、朋友、恋人，我们的坚强能够让他们也继续地坚强。相信爷爷也希望我们能够更好地走下去。

快到恰哥回来的时间了，草莓天天都会把房间打扫一遍，也拉着我去采购了好多东西。草莓说今年恰哥回来，刚好是他生日的时间，所以要给恰哥惊喜，但是我发现买的东西还是那些，什么气球、彩带、玫瑰花、蜡烛。

草莓说想不到其他什么惊喜了，就还是像去年一样吧。离恰哥回来还有一天，草莓就吵着让我帮忙把家里布置好。我们又在客厅挂满了五颜六色的气球，在地面上用玫瑰花摆了爱心，用蜡烛摆了恰哥的名字。只是这次小黄没派上用场，草莓买了一个超级大的蛋糕。

我们把一切安排妥当后，草莓接到了恰哥的电话，我看见草莓脸上的表情由兴奋变得黯淡。挂了电话之后，草莓说，恰哥说公司要让他留在北京，今年应该是回不来了。

草莓看着满屋子精心的布置自言自语，说好明天去机场接他的，可是怎么说不回来就不回来了，他不知道我很想他吗？

我立马打电话过去把恰哥狠狠地骂了一顿，恰哥在电话那头也不说话。我挂了电话坐在草莓对面，大家都不说话，这不是我们想要看到的结局。

草莓说明天还是要去机场，哪怕他不回来，也要去。

我没反对，第二天开车送草莓去了机场，果然等了所有北京来的航班，等了一天，都没有看见恰哥的身影。每一次有北京的航班，草莓都含着眼泪看着出口，怀着那一点点的希望，希望能看见恰哥的身影，每次都是失望，后来眼泪也流不出了。

到了晚上，草莓很失落，我很失望。草莓整整等了一年，却换来这样的结局。不过草莓还是对我说："不管他多少年不回来，我都等，等我真的等不下去的时候，我就去找他，反正我一定要和他在一起。"

回到那老旧小区，把车停好之后，我们发现草莓家的灯亮着。草莓对我说走的时候肯定是关了灯的，我们急急忙忙地上楼，怕是有小偷进屋什么的。

来到门口看见一个旅行箱，草莓"哇"一声就哭了出来，恰哥站在客厅抱着小黄，看见我们便放下小黄，给了草莓一个结结实实的拥抱。

草莓一直哭，一直哭。

恰哥说："我回来了，虽然老板说让我留在北京，会赚更多的钱，但是我想了想，还是你更重要，钱我可以再赚，但是你只有一个。我已经赚够了首付的钱，明早就去买新房，我们结婚。"

恰哥和草莓的婚礼办得热热闹闹的，他们也住进了有花园的新房。恰哥在婚礼现场的承诺是："未来我不会再离开你一秒钟，我不会再让你等我，我一直在。"

爱情里，或许"我爱你""我想你""我养你"都不够感动，只有那句“我一直在”才是最动听的吧。

现在，恰哥和草莓有了自己的小宝宝，小黄也生了小狗狗，后来我也养了一只，叫小软。一只和它妈妈长得一样的小狗，全身金黄的毛，脸也是扁扁的。

突然想起李荣浩在《不将就》里唱的：“你一出场别人都显得不过如此。”

人一生确实有太多的无奈，因为无奈而选择了自己曾经唾弃的生活，像大黑那样。但这也是因为大黑有他想要给予父亲的爱。

但我们大多数人是能够选择自己人生的。

那个一出场就让别人显得不过如此的人，或许不是倾国倾城，或许不是家财万贯，但是那个人可以给你一种亲切的感觉，和这个人在一起，你会觉得一切都可以顺其自然。两个人不会有太多的争吵，两个人也会朝着同一个方向一起努力，想让自己更好，想让家人更好，想让对方更好。

所以请你保持一个态度去等待爱情。

就像它明天就会到来那样期盼，也像它一生都不会出现那样坦然面对。

愿你也能遇见那个人，他一出场别人就显得不过如此了。

那些没有钱的日子叫青春

那些年他没有钱，我很想爱他，可是他却不懂珍惜，这些年他拼命赚钱，而我早已经不在他的身边。

他后来向朋友诉说：说真的，那些年没钱，但是我很快乐，因为和她吃一次大餐就是幸福，这幸福是和她一起吃，还有吃一次大餐很不容易。现在我能每天吃大餐，但是我一点都不开心，因为没有惊喜的美味，也没有她。

我托着行李箱站在学校门口，回想着大学里发生的那一段我永远不会忘记的故事。

有人说如果你在大学里没有谈一次恋爱，那将是你终身的遗憾。而我不这么认为，我觉得读大学是要努力学习的，恋爱的事情可以工作了再说，毕竟爸妈供我读大学不容易，我不能辜负他们的期望。

可是爱情从来没有说是你想要的时候就马上出现，或者你不想要爱情的时候它就不会出现。

在那个盛夏的午后，一颗飞来的橙色篮球敲醒了我内心深处对爱情隐隐的渴望，没有人不渴望一个人的关怀，只是每个人都有自己的难言之隐，是因为怕被爱情打乱生活，或者怕进入自己生活的人不是对的人。

他送我去医务室，没什么大碍，我以为这只是我人生中一次倒霉的事件，却不想成为我直到现在都不能抹去的伤疤。

他特别细心，他担心我会得脑震荡，他每天都来看我，以关心伤病患者为由，他总是扒着我的脑袋说："是我砸的，我负责，万一有后遗症你傻了怎么办，我得照顾你呀。"

所以在我不想谈恋爱的年纪里，遇见了一个突如其来的人，我以为我不会心动，却在他长时间的耍无赖下，彻底地被征服。

我后来不想见他，因为我觉得我已经把他对我的好当成了一种习惯，他给我买好多零食，也总在下课时出现在教室门口，陪我一起吃饭，也陪我一起在校园的林荫小道里闲逛。

我怕我会喜欢他，会打破我开始给自己定下的承诺，我说过大学不谈恋爱的，但是最后我还是和他在一起了。

我的生活费并不多，他也一样，但是他总是带我去吃大餐，我一直好奇他哪来的那么多钱，后来才知道，他给我买零食，一起吃大餐的钱都是他省吃俭用留下来的，他不再买新的球衣，总是不吃早饭，减少了和兄弟们上网通宵的次数，把烟也戒掉了。

他为我做的一切，我也和闺密聊了很多，闺密表示这样的男生哪去找呀，赶紧在一起吧，女生呢要找的就是这样愿意为咱们改变，一心一意对咱们好的男生，哪怕他没钱，但是他人好呀，以后他会有钱的。

在那一次晚自习结束，我们在学校的人造湖旁边第一次拥抱在一起，那种温度给了我满满的安全感，初吻也给了这个我完完全全信任的人。

我开始心疼他，我会给他买好早餐送到他教室门口，我也攒下一些钱在一起吃大餐的时候突然抢着付钱，傲娇地告诉他："今儿个，本姑娘包养你。"

看着他无奈的表情和眼神里的欣慰，我心里也泛起强烈的幸福感，我会开始把一些精力放在他的身上，包括他生日时送他的一盒千纸鹤，都是每天和他依依不舍回到宿舍后，告诉他我已经睡了之后悄悄叠的。每一只都有我对他的思念和疼爱。

我把一盒千纸鹤送到他面前，还织了一条黑色的围巾，在这个冬天快要到来之前，我想给他心理上和身体上的温暖。

生日是在KTV里过的，来了很多他的同学，切完生日蛋糕，他拿起话筒唱了一首《遇见》。

他当着好多同学的面说："今天我要送给我女朋友一首《遇见》，我和她因为一颗篮球这样奇葩的方式相遇，但是人和人之间的相遇不都是想不到的吗？我们两个遇见了，那就是注定的事情，所以我会好好地对我女朋友，各位兄弟们做个见证，我以后一定娶她，不然你们就打死我。哈哈哈。”

我听他说完这些话，当场就羞红了脸，但是心里却暖暖的，不管用什么样的方式遇见，但我也和他说的一样，想和他在一起，想以后嫁给他。

大一就这么过去了，大二开学的时候，他提议我们出去租房住吧，我二话没说就答应了，因为我很信任他，也想和他生活在一起。

同居之后的生活变得很琐碎，因为出租屋里有很多家务活要做，这都没关系，因为他也很体谅我，总是帮着我收拾屋子、晾衣服、倒垃圾。

他会做饭，也是我们同居之后慢慢学会的，每天放学之后回到屋里，我坐在饭桌上用筷子敲着碗，他在厨房里看着手机App里做菜的步骤，忙得焦头烂额，我说需不需要帮忙，他就把我推在饭桌上坐下，让我等着。

一起吃完饭，他收拾桌子，我洗着碗一边想着，这或许就是幸福吧。

租房之后，我们的经济压力更大了，几乎都在家里做饭吃，偶尔一次在外面吃大餐，我们俩都笑得特别开心，特别是吃自助烤肉，两个人总是吃得肚子圆滚滚的，走在回出租屋的路上，彼此都笑对方像个包子，笑对方像没吃过烤肉一样。

我以为，我真的会在毕业之后，跟着他一同浪迹天涯，无论过什么样的生活，无论有钱没钱，我都愿意陪着他，因为有他在我才会笑得那么开心，因为有他在，我才不会害怕在这个陌生的城市遇见苦难。

我记得有一次我犯了个错误，因为我们俩的生活费都是我管，有一回我们逛街，基本都是只逛不买的，在一家球衣专卖店门口，我看见他眼睛直勾勾地看着橱窗里的一套球衣，过了半晌他转身拉着我就走，都没有进那家店看一看。

我知道他一定是很喜欢那套球衣，于是后来我悄悄地买下了球衣，晚上回出租屋后，我神神秘秘地拉他进卧室，当他看见那套球衣躺在卧室床上的那一瞬间，我清楚地看见他掉下的眼泪。

后来因为买了这套球衣，导致那个月最后几天只剩下不到一百块钱的生活费，我们商量着怎么度日的时候，我看见一家馒头店，我说咱们吃馒头吧，便宜又顶饱。

我们买了大白面馒头，在回学校的路上大口地啃着，不在乎路人奇异的目光，我那个时候知道身边如果有最爱的人，全世界的目光都不重要，因为我只在乎他怎么看我，只在乎他快不快乐。

或许在周围的所有朋友看来，我们这样的感情一定会走到最后，可是当我接到家里的一个电话之后，所有的一切都改变了，从此我和他越来越远，直到再无交集。

妈妈打来电话，说爸爸因为长久的疲劳工作病倒了，癌症早期。

这个时候已经是我们该毕业实习的时间，我曾经计划和他一起去往上海工作，可是我必须得回家照顾爸爸，妈妈身体本就不好，他们需要我的照顾。

我借口说家里安排了在北京很好的实习机会，我得回北京。

那个时候，他已经有些不开心了，因为上海的实习机会，是他争取了很久，也是他特别喜欢的，所以他去了上海，我回了北京。

走的时候他送给我一条看起来就很贵的项链，我一直戴着。

爸爸的病需要长时间的休养，家里赚钱的重担落在我的身上，他家里条件也不好，他此时也在上海过得水深火热，所以我只能靠自己。

但是时间久了，我真的有些吃不消，妈妈说给我相了一个不错的小伙子，家里条件不错，重要的是，对方看过我照片和一些信息之后很满意。

这个时候和上海的他吵得特别凶，因为他说他想来北京看我，我总说我忙，因为我不想让他知道我家里的情况，我不想成为他的负担。

但是他不能理解，总是在电话里对我大吼大叫，说我变了说我不爱他了。

但我心里知道，我爱他，我想一直和他在一起，可是眼前有太多事需要我去处理，我无能为力。

就在我快要扛不下去的时候，妈妈带我去见了那个小伙子，妈妈说是同学聚会，去了之后才发现，只有那个小伙子和他的妈妈。

暂且叫他大个子吧，因为他又高又壮，经他自我介绍才知道是健身教练。大个子应该是喜欢上了我，他开始帮着照顾我的家人，也对我特别的好。

我有段时间没和上海的他联系了，直到毕业季领毕业证的时候我们才见了一面，这也是我和他最后一面。他和我说了分手，他说他不能和我去北京，因为上海的工作在实习之后，老板给他转正了，干得风生水起。

他说我不爱他了，他说我变了。他是那样的义愤填膺。

我也不能去上海，因为我必须回家照顾爸爸和妈妈。

其实我真的很想告诉他，我不是不爱你，我是真的没有别的办法，他说完分手之后我每一天都哭，直到最后死心。但这段故事成为我永久的伤疤，一直留在那里。

我拉着行李箱站在学校门口，回想着曾经这里发生的一切，那个曾经说要娶我的他远去上海，那个看见球衣流下眼泪的少年在分手时对我大呼小叫，那个让我坐在餐桌前等着他做的美味的他，把我拉进了黑名单。

青春里我们都爱过一个人，也许直到现在我们还爱着他，只是我们到最后都嫁给了一个叫作大个子的男人，而曾经的故事也随着时间的流逝变成了一道伤疤。

什么是青春，或许就是拼命地爱过、哭过、笑过、痛过，而多年之后这些画面依旧清晰记得。

再回到有故事的那所有熟悉的地点和场景，还能清楚地想起那个时候和那个他坐在这里说了什么话，做了什么事情。

我多年后回到母校，在校门口的奶茶店，仿佛看见我和他坐在那里喝着奶茶，他摸摸我的头，说："是我砸的，我负责，万一有后遗症你傻了怎么办，我得照顾你呀。"

在篮球场，我仿佛看见一颗飞来的橙色篮球砸中一个女孩，一个男孩匆忙跑过去，一脸抱歉地带着女孩去医务室的场景。

在那家依旧开着的馒头店，我仿佛看见一个男孩牵着一个女孩，啃着馒头不在意任何人的眼光。

在女生宿舍看见一个女孩每天晚上叠着千纸鹤，并且在每一只千纸鹤的肚子里写上一句：我爱你。

在KTV看见一个男孩大声地说着一定会娶那个女孩，说如果没娶就让朋友打死他。

在那家球衣店，我看见一个男孩退了球衣，悄悄地去首饰店买了一条纯银项链。

我们都爱过一个人，他一直在心里，我们也都会错过一些人，因为现实或者其他。

爱情总是在不经意间突然出现，爱情也在不经意间悄然失散。

我们总想抓住他的尾巴，跟他说一声，不要走，不要离开我，但是命运总是把他脱离我们的世界。

或许一个女孩离开并不是因为男孩没钱，或许她真的无能为力，男孩如果能够懂得珍惜，能够不那么冲动，也许故事的结局就会有所变化。

后来他说：我最后没有和她在一起，我的同学们也没有把我打死，因为曾经不管是恋人还是朋友，不好好珍惜，他们都会散落天涯，感谢青春里我遇见的每一个人，是你们组成了我的青春。

那些年他没有钱，我很想爱他，可是他却不懂珍惜，这些年他拼命赚钱，而我早已经不在他的身边。

他后来向朋友诉说：说真的，那些年没钱，但是我很快乐，因为和她吃一次大餐就是幸福，这幸福就是和她一起吃。

现在我能每天吃大餐，但是我一点都不开心，因为没有惊喜的美味，也没有她。

或许那些没有钱的日子才叫青春吧！

我们都是演员，但我只为你放弃表演

那天见你，就像是风带来了整个夏天的清凉，轻拂过我严肃的脸，一层一层剥开我不简单的语言，当你说相见恨晚的时候，我内心的独白是好久不见。

你也一定遇见过那个好像早就认识的人，微微扬起的嘴角，说话时温柔的语调。拥抱时炙热的温度，走进心里的一抹阳光。

前些日子坐火车短途旅行，我趴在座位上用平板码字，兔子小姐递过来一个苹果，她坐在我对面，给我发了一条微信信息："你写了那么多故事，啥时候也写写我吧。"

我看完信息抬头看着她，一脸傲娇地拒绝了她说："我写的人都不在我身边，但你不一样，你会一直陪在我身边，所以，我不写你。"

兔子小姐伸手摸了摸我的脸，眼睛里有些光亮，然后转头看向窗外，也许是不想让我看到她再掉下眼泪吧。

这次短途旅行是我争取了很久才换来的，因为兔子小姐的妈妈从来不让她离开自己的身边，我其实也并不是兔子小姐的男朋友，因为兔子小姐从来没有答应过我的表白。

每次在工作室里她坐在旁边陪我录音的时候，遇到故事里有女声的对白时，我都能感受到她的期待和无能为力，她很想成为我讲的每个故事中的女主角，但是她只能默默地看着。

她很爱哭，我录的每一个关于爱情的故事，那些分分合合的桥段她都哭，她不能用呼喊或者任何发出声音的方式来释放情感，我其实很理解她的心情，但每次看见她掉下眼泪还是心疼。

我是在一次车展活动中认识兔子小姐的，那场活动我公司是主办方，我是负责人，兔子小姐是车模。

我站在门口一一接待着到来的客户，和工作人员协调着现场需要注意的细节，忙完所有的琐碎后，我在现场闲逛，看见一个展位围着很多的人，我走上前一看，并没有什么不同寻常，这些人都是来看这位姑娘的，她就是兔子小姐。一件白色的连衣裙，化着淡妆，裙摆的起起伏伏像极了我当时的心跳，我那一瞬间觉得好像在哪里见过她，这是一种感觉，我也说不清楚。

后来在模特休息室再一次见到她，我走过去坐在她对面，和她打了声招呼，看她用很惊奇的目光看着我，我想着用自我介绍来打破尴尬。

却没想到，兔子小姐起身就走，留下完全不知情况的我，这也太高冷了吧。

活动结束后，找到演出组负责人，顺利拿到了兔子小姐的电话号码，我纠结了很多个夜晚，迟迟没有拨通这个电话。

我以为之后的活动还能有幸看见兔子小姐，后来演出组负责人告诉我，说兔子小姐本就不是专业车模，那一次只是替朋友代班。

那天晚上工作结束和员工聚餐之后，有些微醺地走在河边的木板桥上，我鼓起勇气拨通了兔子小姐的号码。

电话那头响起了彩铃，是薛之谦的《演员》，在唱到“不在意的样子是我最后的表演”的时候电话通了。

“喂。”

等了半晌，电话那头没有声音。

“您好，请问是××吗？我是那天活动在休息室坐你对面的那个帅哥，哈哈……”

电话那头依旧没有声音。

“我没别的意思，虽然说我也觉得搭讪的理由有些老套，但是我那天见到你的第一面确实觉得你很熟悉，好像在哪见过的感觉，所以才给你打来这个电话，想和你成为朋友。”

说完话，电话那头传来嘟嘟嘟的声音，我一脸的惊诧，正在疑惑着我是说错了什么话了吗？这姑娘太高冷了吧，一句话都不跟我说。这时一条短信发送过来。

短信内容：“你好，你加我微信吧，就是这个电话号码，微信聊吧。”

后来通过微信和兔子小姐聊了很多，她也从最开始对我满满的防备变得很健谈了，只是她从来不发语音消息，她说我的声音很好听，她说她很喜欢我讲的每一个故事。

后来的第一次见面是兔子小姐主动提出来的，说是想来我的工作室看看我录音的样子，我很愉快地答应了，那天，看见她出现在工作室门口，我的心扑通扑通地跳着。我知道这是心动的感觉。

我平常是个特别严肃的人，但是见到她我脸上总是带着微笑，我也不会拐弯抹角的说话，因为从她的眼睛里我就能看出简单纯粹，那不同于我在外面遇见的其他女人。

我请她进屋在沙发上坐下，我端着咖啡坐在她旁边，笑着和她打着招呼，她依旧不说话，在我一脸疑惑的时候，她拿出手机，给我发来一条微信。

“其实，一直没告诉你，我不能说话，我是哑巴。”

我第一反应是惊讶，然后突然有一丝心疼。一时不知道说什么，但是心里却涌出更多想要保护这个女孩的欲望。

她又发来一条信息：“被吓到了吧，哈哈，我今天来是看你录音的，你讲的故事总是能感动我，我想近距离地看一下你讲故事的时候是什么样子。”

我居然一瞬间有想哭的感觉，我忍住了眼泪，带着兔子小姐走进录音间，她坐在我身后。

在录制的过程中，她没有发出一点声音，只是当我录完最后一个段落的时候，转头看她，她已经泪流满面了，我走到她面前，我也不知道当时怎么想的，我第一次拥抱了她，她也没有拒绝，她无声地哭着，我的心无声地痛着。

我总觉得我应该保护她，我想给她更多的温暖。

后来送兔子小姐回家。

走的时候收到她的微信消息。

“善尼，你说故事里的男生真的还会回来吗？战争那么残酷，他会不会死掉，会不会丢下女孩一个人？”

我回：“不会的，爱你的人始终会兜兜转转回到爱人的身边，无论这期间发生任何的事情，只要还爱着，一定一定能在一起的。”

后来我向兔子小姐表白，表白过三次吧，她都拒绝了，每次都哭，但是每次都是在我的怀里哭，我知道就算她表面拒绝但是心里早就把我当成了很重要的那个人，因为她在我面前早已经放下了防备，我没有从她的身上看到任何表演的痕迹，一切的一切都是那么真实。

其实我们都是演员，在社会中扮演着不同的角色，时而严肃，时而高冷。真的没有几个人能看见我们最真实的样子，但是我看见了兔子小姐的真实，也看到她对我最真挚的心。

她不同意或许是她认为她不能说话会成为我的负担吧，但是我从没这么想过。

她不会说话，但是她心里比谁都清楚，她会写很多很多的文字，她会告诉我她的内心世界，我总说，我能够猜到你在想什么，她说她也能看到我的所有。

因为我知道我在她面前，也卸下了所有防备，更多的时候像个孩子，因为我会向她撒娇，甚至卖萌，这一切在公司的员工看来一定会是特别大跌眼镜的事情吧。

这一次的短途旅行，我们去了兔子小姐一直想去的A市，妈妈从来不让兔子小姐出远门，总是担心她不安全，担心她照顾不好自己。一开始妈妈也不放心我，后来也许是看到了我的诚意吧，所以在百般的劝说下，以及兔子小姐对妈妈的央求下，终于争取来了这一次和兔子小姐的短途旅行。

我其实是准备在这次旅行中向兔子小姐求婚来着，我想保护她一辈子，却没想到，兔子小姐接到妈妈的一个电话，然后我们在下一个站下车，兔子小姐买了回家的车票，让我一个人去A市，让我拍下她想看到的风景，她微信发来消息。

“妈妈有急事让我回家，但是善尼，你不方便去，所以你帮我去A市把我想看见的风景都拍下来吧，等你回来的时候给我看，我会想你的。”

我上车，她在站台下看着我，她在掉眼泪，我一直趴在车窗上看着她，我总感觉她好像要离开我了，我后悔上车了，我要下车，可是火车已经开离站台，我只能按照兔子小姐的要求去拍下A市她想看到的风景。

我回到我们所在的城市，我已经找不到她了，没想到这么快，我真的不知道她为什么突然就消失了，她家的房子已经卖掉了，现在住的那家人说：“他们母女好像说是要出国吧，好像是治病什么的。”

我知道兔子小姐的信息真的很少，我找不到她，那种失落感一直持续了好几年，我把我在A市拍来的照片挂在工作室里，我继续讲着故事，生活也变回了原来的样子，我戴着面具继续生活，没有人再看过我没有表演的样子。

周围的人也一样，都是演员，演着不同的角色，为了生活或者梦想。

我为什么写下这个故事？因为兔子小姐最后还是没有陪着我一直在一起。我把不在我身边的人都写进了故事里。

就当我已经写好了这个故事，也录好了这个故事的音频，我想我发出去，让所有的听众帮忙转发，或许兔子小姐会有机会听到，让她知道我还在等她，她也许就会回来，这个时候我的电话响了起来。

我接通电话，一个好听的女声：善尼，我是兔子。别惊讶，开门，我在你工作室门口。

我匆忙放下电话，跑到门口打开房门。

她说：“好久不见。”

我说：“我想你了。”

那天见你，就像是风带来了整个夏天的清凉，轻拂过我严肃的脸，一层一层剥开我不简单的语言，当你说“相见恨晚”的时候，我内心的独白是“好久不见”。

娶一个暖心的你，嫁一个温暖的他

南方的雨季有些冗长，我喜欢从书架上随意拿起一本书，走到阳台，听着雨声。

雨季过后便是回暖。

其实下雨的时候还是会有一丝丝的忧愁和懈怠，窗外雨声带着风声夹杂着树木摇晃的嘎吱声，汽车飞驰而过溅起水花的声音，水花飞溅行人，行人的叫骂声。从楼上望去，他们打着不同颜色的伞，有的人穿着雨衣。

声音是有故事的，也是有体温的。就像这一年四季，冷暖交替。也像这人的一生，世事难料，变幻无常。

人很奇怪，当周身充满嘈杂的声响却能够感受到内心的炙热，当独处深夜的时候又能渴望情绪在此时得到释放。

我问过很多读者，什么是温暖？

大多数人说，声音是有温度的，故事内容是有温度的，文字也是有温度的。

最让我印象深刻的是一位姑娘，她说被窝最有温度。

外面下着雨，躲在被窝里的自己就想这样一直躲着，大概我们都不想和别人多说一句话，可是很多时候又无可奈何。

我曾经写过一封没有寄出的情书，像是一张没有用过的电影票，除了有些纪念的价值，没有任何的用处。所幸，还有一些记忆可以保存，不至于在钢筋水泥的都市，或者没有恋人的时候孤单。想一个人，哪怕一个不可能的人，回忆过去的人也是一件幸福的事情，不至于脑海一片空白，像是午后的一杯苦荞，深远流长。

有幻想过自己老了以后会是什么样子吗？

那个时候你还有那么多欲望吗？

当我老了，头发花白，我也许只需要有一个人陪我说说话，有一个人陪遛弯儿也就够了。

我吃不了什么大餐，因为牙齿快掉光了，我去不了多远的地方，因为身体承受不住旅途的颠簸。

唯一想要的，不过是需要有人陪。

回过头来想，一生追求金钱、地位。而错过那个可以陪伴一生的人值得吗？

为了物质或权力和一个不爱的人结婚值得吗？

那封没有寄出的信里写着：

“你过得还好吗？听说北方不怎么下雨，想听雨声的话就来找我吧，南方天天下雨。”

我很想你，有时候倔强的心口隐隐作痛，却没有给你发过一条信息。

我过得挺好的，经常听那首歌。不过很久没去电影院了，上一次都买了票，却站在影院门口迟迟不敢进去，因为那是一场我们约定好要一起看的。

以前不怎么喝苦荞，现在天天喝。

这封信本已经贴好了邮票，却在路上被雨水打湿，也许一切都是注定。

后来我也遇到一些和你很像的人，甚至一颦一笑都似曾相识。但毕竟回忆里的你总是那么清晰，总能把她们与你分辨得清楚。

“你怎么又一个人去看电影。”

“你怎么又一个人吃火锅。”

“你怎么又一个人逛街。”

“你怎么还没有女朋友。”

很多人这样问。

我也总回答不急，但是我内心依旧渴望有一个人能够逗我开心，能够温暖我。

把手放进我的衣服兜里，可以帮我用录音笔录下我喜欢听的雨声，可以陪我去看完那场没勇气走进影院的电影，也可以让我把苦荞换成咖啡。

但是我如果没有遇见你，那我就不会将就着去伤害任何一个人。

那天我打着一把黑色的伞，被飞驰而过的汽车溅了一身的雨水，一位穿着雨衣的姑娘跑过来，看着我一身狼狈，姑娘一声声关切，我笑着说没事。

姑娘很漂亮，眼睛很大，我愣愣地盯着她。

她脸微微一红。

雨突然停了，能看到微微的夕阳余晖。

人和人的相遇是偶然的，也是早已经注定的，无论他将以怎样的方式出现，都是上天送给自己的一份礼物。

温暖不过就是在繁杂的尘世，找到一个与你心灵相通的人，他愿意陪你流浪，也愿意陪你柴米油盐。

从故事、文字、声音中取暖，不如在被窝里和他取暖。

愿你嫁给一个温暖的人，愿他娶一个暖心的你。

喜欢一个人，就想给他一个好结局

有的人像清泉，清澈透明，但是却有着无穷的力量，特别是从眼睛里投射出的光芒，足以感动处世不深的你。

什么样的人最完美，多年后我才发现，即使没有被命运温柔地对待，却还是温柔地对待所有人，笑容无时无刻绽放，也对所有事物充满好奇，明明看见的是一只小白兔，却在最危难的时刻变身勇敢的猎豹。

大概就是说“成熟却不显露，可爱是保护色。”的那种。

什么样的人最勇敢，或许就是敢做自己，敢为了爱的人不顾一切。

好像每个人的朋友圈里都有个胖子吧，大体的印象就是能吃，性格好，要不傻，要不就笨。

我所认识的那胖子也是这样。

他脑袋里边就只想三件事情：吃、游戏、睡觉。

经常在我们早自习想吃什么早饭的时候，胖子已经开始和我们商量吃什么午餐了。

高中时代作为一个不爱学习不爱运动也没有情窦初开的胖子，还能有什么娱乐方式，除了强行拖猴子去打游戏，就是坐在学校小卖部门口吃烤肠。

我们晚上睡觉前喜欢听电台节目，把收音机放宿舍中央的桌子上，几乎每晚还没有听到电台主持人的声音，就先听见胖子雷霆般的呼噜声，刚开始我们捏胖子鼻子，捏一下就不打呼噜了，过一会又开始，直到后来我们都习惯了，所以夜晚陪伴我们入眠的不止电台主持人的声音，还有胖子的呼噜声。

后来胖子不怎么早睡了，总在床上捧着那种只能发短信打电话的小灵通傻乐，他蒙着被子咯咯地笑，但是由于块头大，所以笑起来动静太大了，我睡他上铺，床摇的咯吱咯吱地响。

我坐在床上开着小台灯看书到凌晨的1点时，床还是在摇，胖子依然还在傻笑。

是不是小年轻们谈个恋爱都得聊到深夜啊，就好像第二天见不到了，第二天不能聊了，哪那么多话题呀。

所以胖子是恋爱了，从此胖子脑袋里边还是只想三件事情：吃、游戏、小娜。

小娜满足了胖子所有的恋爱需求，因为小娜是学校小卖部商店阿姨的女儿，所以胖子的零食有了着落，我们也跟着沾光。

小娜也喜欢玩游戏，胖子终于找着伴了，猴子也开心了，胖子终于不会硬拽着他去打游戏了，猴子可以安心地等我下课，然后给我两瓶水，一瓶由我交给女神。

而且小娜还是初中生，只是因为学校的初中部和高中部在一个园区内，所以胖子和小娜能天天见面，小娜也总和我们这些哥哥姐姐混在一起。

要说他们俩早恋吧，也不太准确，因为整个高中时代，两个人都没有过太亲密的举动，大概是年纪都太小，又因为小时候胖子爸妈总欺骗他，说拉拉小手就会生小孩。

胖子觉得小娜太小了，生小孩太危险。

原话是这么说的："善尼，今天小娜偷偷带了好多零食，我牵了牵她的手，但是我觉得吧，小娜有些小，生小孩可能太危险了，而且还没见过我爸妈呢，就这样带着小孩回家不太好，你说是吧。"

我是真的不知道原来高中了还有这么单纯的，但我呢，也没跟他普及生理卫生知识，只是假装生气地说："哎，有零食你都不给我留点。"

胖子一摸后脑勺："我那会儿心情比较复杂，一直压抑着内心的冲动，所以就用吃来缓解了，后来就吃没了。"

高中时代的两个人就这样简简单单地度过了，直到高考结束，我们吃散伙饭的时候，在一家露天的火锅店。

胖子举着杯子："明天咱就各奔东西了，以后咱每年一聚，就在这个火锅店，谁不来，是小狗。"

我说："猴子来不了，你骂猴子呢。"

女神说：“猴子怎么来不了，猴子不在你脖子上面吗？你来了，他就来了。”

胖子说：“猴子他在，就没离开过。”

直到现在，我们都变成了小狗，因为那家火锅店早就不再开了，谁也没回来聚过，或许大部分人在毕业的时候都信誓旦旦地说过每年一聚吧，可最后那些曾经熟悉的面孔就再也没见过了。

大家酒足饭饱开始互相说些珍重的话，胖子也说让我照顾好女神，因为女神和我考进了同一所艺术院校。后来小娜就抱着胖子哭，胖子不知所措。

胖子要去外省念书，而小娜那个时候才高中，小娜舍不得胖子。

我给胖子发了条短信提示他：“小娜舍不得你，安慰安慰，说说好话。”

胖子看完短信，给小娜擦擦眼泪：“小娜，你放心，我在那边等你。你别哭了哈，放假了我就回来看你。”

在毕业后的那个长假里，我们一起去后山看了猴子，也和猴子说了很多告别的话，后来假期结束，我们送胖子离开，小娜没来。

胖子有些失望地一直垂着头：“小娜肯定是不要我了。”

我提着一大口袋零食递给胖子：“呐，小娜让我转交给你的，她说她不知道送你啥，就又偷偷地在小卖部里装了一口袋零食给你。她不敢来送你，她怕她会跟你一起坐上火车。”

胖子眼泪汪汪地提着袋子上了车。

为什么胖子会去外省念大学，是因为他家都要搬到那边去，所以这座小城胖子是不会回来的。假期胖子也不能回来，因为家里管得严，胖子的老爸想让胖子接管家族企业，只要放假，不管长假短假，都被老爸拖着在公司里忙活。

所以在胖子大学期间，小娜就偷偷地去找过他，一个不太富裕的高中生，用自己节省的零花钱一点一点攒够了机票就去了。

买完飞机票，小娜已经身无分文，到达胖子所在的城市已是深夜，她不想打扰胖子的睡眠，所以一个人在街上晃荡了一夜，才在清晨给胖子打了电话。

胖子接到电话，第一时间赶到机场外的小吃街。

胖子见到小娜眼泪就掉了下来："你不用上课的呀，你跑来干什么，你等我回去找你呀。你还没吃饭吧，傻瓜！"

小娜抱着胖子说："我饿了，一夜没吃东西了，饿了。"

后来胖子带着小娜就回了家，胖子被爸妈批评教育了一个晚上，第二天就给小娜买了机票让小娜回家。

胖子爸妈表面借口是小娜还上学呢，得赶紧送回去。

其实胖子的爸妈觉得小娜和自己家门不当户不对，而且还那么远。认为未来给胖子找个他爸生意上朋友的女儿是再好不过的事情。觉得小娜配不上胖子。

胖子和爸妈天天吵架，因为小娜的事情。后来胖子的爸妈甚至不让胖子用手机。

胖子就去办了张公用电话卡，在公用电话亭打电话到1点多才回睡觉。

打电话期间，胖子一边冷得直跺脚，一边乐得咯咯地笑。

因为电话那头是他最想念的姑娘。

胖子一直觉得自己对不起小娜，没有给小娜一个结局。

小娜总说没关系，只要能在电话里听到胖子的声音，就是最大满足。

直到有一年假期，胖子给我打来电话说在我家楼下，说要我帮个忙。

我见到胖子的时候，小娜也在身边。

我都好久没见到胖子了，把他死死地抱住，可是他越来越胖，居然不能完全地抱住他了。

我问：这是要干啥。

胖子说让我给他们俩主持个简易的婚礼，也算是娶了小娜。

我们来到小城的跨江大桥上，小娜没有穿婚纱，胖子也没穿着装。没有婚礼进行曲，只有风呼呼地刮过，两个人站在一起，十指紧握。

我按照婚礼的流程一一进行，在进行到宣誓的环节时。

胖子说：“小娜，从今天开始你就是我媳妇了，谁也不可能把我们分开，我保证让你不饿着，有的吃，也有的穿，我爱你。”

小娜说：“你去哪我去哪。”

就这样，我稀里糊涂地就给他们主持了这场简易的婚礼，而后来我才知道，这也是我们最后一次见面。

胖子回来是为了带小娜走的，胖子说要去一个没有人认识他们的地方过日子。

现在不知道他们过得怎么样，也许已经回到家里明媒正娶了小娜。

我只知道在跨江大桥上我主持了一场很不正式的婚礼，但却是我永远都不会忘记的婚礼。

因为他们都早已经不在我的身边，所以我把他们写进了故事里。

又因为他们的故事我只知道这么多，所以也就写了这一些。

像小娜那样跨越千山万水只为见胖子一面。

像喜欢一个人，就想给他一个好的结局。

就像我们常说的如果当初不说那些狠话，是不是就不会分手；如果当初我们再给她一些温柔，是否就能和她有些故事；如果当初胖子不这么做，那是不是胖子就和他老爸生意朋友的女儿结婚了呢。

为什么青春里的很多爱情都失败了。

有些爱情注定是两条不能汇聚的河流，我们拼尽此生也做不到山水颠倒，江河逆流，只能相互亏欠，藕断丝连。

不知道胖子和小娜现在有没有生小孩，牵牵手就会生小孩的。

不知道他们有没有开一家小零食店。

他们的故事或许一点都不精彩，最后也不那么光彩，但爱一个人，就要喜欢一个人的全部。

因为未来的生活只会是轻描淡写。

日复一日。

还记得那晚猴子、女神、胖子、小娜我们五个人躺在草地上，电台各自想着心事。我那个时候想：未来的我们都还要回到这 我们五个还要一起送女神回家，笑猴子怕狗只知道爬树，还要一 每个人的生日，还要一起吃零食、打游戏，一起吃烧烤。

他们那个时候总是问我，我什么时候可以遇见我喜欢的，后来 到了，但是他们都不知道。关于兔子小姐，我也很想把关于我 事讲给胖子他们听。

只是我找不到他们了。

他们代表着我的高中时代。

也代表着我的青春。

我记得他们每一个人的笑容，后来我才知道，完美的定义从来 一样，至少我认为他们是完美的。即使没有被命运温柔地对 却还是温柔地对待所有人，笑容无时无刻绽放，也对所有事物 满好奇，明明看见的是一只小白兔，却在最危难的时刻变身勇敢 猎豹。

从80岁到18岁，我读懂[illegible]人生

那一天我从睡梦中醒来，发现自己身处高中时教室的桌[illegible]上，老师在讲台上讲解习题，同桌偷偷给不知道的谁发着短信。[illegible]穿着校服，我居然回到了年轻时代的模样。

记得刚刚只是在躺椅上打盹，80岁的我已经不怎么喜[illegible]动弹了，小重孙子围着我让我带他去抓小鸟，身旁依偎着一只老[illegible]

怎么就突然回到了高中时代，我突然站起身，老师冲着[illegible]，同学们齐刷刷地看向我。我说了声抱歉坐下，同桌发完短信[illegible]笑我发神经，她是那么年轻，我记得前一个月才参加完她的葬礼。

随着一声下课铃声响起，同学都一窝蜂冲了出去，我终[illegible]过神来，捏了捏自己的脸，完完全全的真实，我真的回到了高中时[illegible]。

这个时候手机铃声响起来，是妈妈打来的，我还没接通[illegible]就哭了起来，妈妈在电话那头说，下午家里聚餐，让我放学早些[illegible]家。

在我没有穿越之前，妈妈爸爸早已经离开了我，而现在我真真切切听到妈妈的声音，我赶紧冲出校门，周围的环境与我高中时代

一模一样，虽然记忆不够真切，但我还记得我那个时候住在哪里。回到家看见爸妈，他们是年轻时候的模样，我扑进他们怀里，我能感受到他们的温度，他们就在我身边，原来有爸妈在，自己哪怕已经有着七八十岁的心，也会觉得安心。以前他们在的时候怎么就没好好珍惜。

爸妈带着我去参加家族聚餐，我看见爷爷奶奶、舅舅、舅妈……所有的家人都在，原来我曾经拥有这么多的美好，有家人在身边真的很幸福。

所以人都是失去才会懂得珍惜，我不知道我会不会再一次睡去之后就回到我80岁的时光，所以我久久不敢入睡，爸妈在客厅看电视，我躲在房间门口偷偷看着他们，我真的不想这幸福如此短暂，我想就留在这里，能陪着他们。

第二天醒来，我没有回到80岁，我依然是年轻的身体，我开始相信这不是一个梦，确确实实是回到了过去。

从80岁回到年轻时代，所有的想法全都发生了变化，家人的陪伴是心灵的港湾。

所以我放学就回家陪伴爸妈，帮爸妈做做家务，给他们更多关爱。

我回到的时间刚好是高三，快要高考，我没有听从七大姑八大姨所说的某专业好就业，我选了我自己所喜欢的。

而且我没有再选离家乡很远的城市，因为我知道我迟早要回家的。

我顺利地考进了我理想的学校和专业，并且离家不远。

每个假期我都回家，不再和同学朋友去旅行，我认为家人更重要。

后来工作了，明明有很好的就业机会，只是离家太远，我果断选择放弃，回到了家乡。

我没有听从父母的安排进一家公司或者单位，开始稳定的能知道未来三十年生活的工作。

而是选择做自己喜欢的事业。

我没有那么着急得像以前那样接受父母介绍的对象，我情愿等待我真正喜欢的人出现，她没出现的时候，我就努力地做我喜欢的事情。

后来我遇见了她，真正的心灵相通的那个人，我和她成立了家庭，有了小孩，每一天都过得特别快乐。

时间依旧在行进，后来我又到80岁了，这个时候我不再渴望再穿越一次，因为我经历了两次人生，后来这一次我活成了我自己所想要的样子。我没有遗憾。

第一次的人生我叛逆，把兄弟朋友看得很重，觉得为兄弟可以两肋插刀，时间都给了他们，而后来他们都离我而去。

我听从家人的善意选了好就业的专业，但是却做了一辈子我不喜欢的工作。

后来家人说年纪到了该结婚了，给我相了个最合适的对象结婚生子。

一生我都过得不温不火。

难怪我最后回到了过去，因为我一生没有按照自己的想法去生活，所以上天给了我这样一次机会。

而后来的一次人生，我做了自己，也珍惜了我所有应该去珍惜的。

所以再一次来到80岁，我回想过去，没有任何遗憾，一生行走的路都是我自己选的。

人总是事过之后才开始后悔，总是离别之后才知道珍惜。

那为什么不在自己第一次的人生中就选择自己真正想过的人生呢？

说实在话，怎么可能会有穿越，怎么可能会给你第二次人生的机会，你只有一次机会。

所以呀，此时还年轻的你，不妨开始过第二种人生，做自己喜欢的工作，也爱自己所爱的人。很多事情不必妥协。

无论你此时此刻多少岁，从当下开始改变就是最早的日子，如果你能把自己放在80岁的角度去看世界，或许你会看得很透彻。

善尼写这篇文章就是想说，很多人都是失去后才懂得珍惜，过去之后才开始后悔，但是这有用吗？

倒不如站在未来的角度看现在的自己，你会发现哪怕此刻你经受再多的艰难，未来也不过是一笑而过。

只要活成了自己，问心无愧，珍惜了值得的人，也做了让自己快乐的事。也就够了。

有的时候我们会想，人活着到底为了什么，或许很多人没有确切的答案。

我这样认为，人活着就是来体验的，体验花是怎么开的，树是怎么长的。也是来感受的，就像买票坐过山车一样，感受生命里所有你自己愿意感受的一切。

值得珍惜的也就那些，值得拼尽全力的也就那些。

既然来到这个世界，那就挣脱开所有的思想枷锁，真正地为自己而活。

我们经常会回忆过去的自己，那些失落、失恋、失败现在看来，都可以笑着向身边的朋友讲出来了。

那如果你把角度放在未来看现在的自己，你会发现所有的不堪都会成为你的铠甲。

PART2

所以甘愿

世界上总有一部分人，他们可以没有全世界，却唯独不能丢了自己的喜好。当他沉醉在自己喜欢的工作或者爱好里，时间对他来说都消失了。

喜欢一件事，你就去做吧！哪怕只能把它当作业余爱好，只要坚持去做了，点滴积累，终有一天，它会成为你的专长。

你要相信，你最愿意做的那件事，才是你的天赋所在。

向前跑，迎着冷眼和嘲笑

最近，我录制了两篇微信公众号“十点读书”收录的文章，分别是来自作者剽悍一只猫的《你不只是穷，你还很懒》和江罗的《只要你想改变，那就永远不迟》。

知道自己将要录制“十点读书”的文章，我一开始是极度兴奋的，因为觉得自己的声音和自己的制作得到了公众大号的认可。我甚至为自己的进步和别人的肯定而有些沾沾自喜，但是经过跟剽悍一只猫和江罗的聊天，我开始反思自己。

2015年9月，我正式开通了微信公众号“何善尼”，以“做你最喜欢做的事，爱你最想爱的人”为口号，向听众录制一些我认为有价值的文章。半年的时间，公众号和微博的关注并不是很多。而实际上，我录制的音频在各大音频平台的关注量是上万的，收听量是上百万的，那么为什么没有人关注我的公众号和微博呢？

关键就在内容。不论是我的微博，还是在公众号发布的文章，基本都是其他作者的作品，尤其是我录制的音频，里面没有一句话是我自己说的。没有内容，没有思想，每天的新增关注很多，但是取消关注的也很多，这让我明白了，原来在自媒体这样一个以“内容为王”的时代，我落后了。

我的优势在于声音，但是声音只是外在的形式，只有内在的文字能真正给大家带来温暖。所以，尽管我每天的睡觉时间可能只有4~5个小时，我努力想要做好现在所做的一切，但因为学习积累得不够，一直没有突破。

读书时代，我的语文成绩就不好，因为我懒，不爱思考，就连最后做了电台主播，开始也是念着别的作者的文章，看似我给大家带去了很多温暖，其实都是别人的功劳。

所以如果不想平庸，就必须先安心求学，耐心积累沉淀。从这一刻开始，看书，看好书，看适合自己的书。现在有很多的读书平台会向大家推送优质图书，能给大家节省不少时间。

还要多尝试。比如我知道自己的文章写得很不好，可我还是硬着头皮不停地写，不停地改，不停地思考如何才能写好一篇文章。因为我知道，如果我不写出来，不尝试，永远都不可能进步。

还有一种很直接也很有效的方式，就是像剽悍一只猫老师说的那样：“去认识比自己优秀的人，去和他们对话，他们能教你很多。你是做音频的，就多听听别人的作品；你是写作的，就多看看别人同类型的文章。看得多听得多，慢慢你也会进步。”

有人问我：“你到底做了一个什么类型的公众号？”我一开始

回答，原创情感号，毕竟我研究了那么多年的情感心理学。可是后来发现不是这样的，爱情故事可以讲，可是当感性开始泛滥的时候，什么道理都没有用。

我想我做的是一个比较励志的公众号，毕竟曾经的我也算是一个“学渣”。

我小时候爱玩游戏，不爱学习，从小学到高中，几乎每次考试都是全班倒数。中考不顺利，高中的时候误打误撞学了艺术，最后考上一所艺术类院校，学了播音专业。但艺术类院校学费太高，本科四年真是苦了我的爸妈。结果交了那么多学费，本科毕业之后我还是找不到工作，在家啃老了大半年。我一直对自己没啥信心，也觉得自己是那种丢到人堆里就找不着的普通人，在啃老的那段时间里我越发觉得自己没用，总是垂头丧气，觉得自己对不起爸妈。

我想大部分人都有这样的时刻吧，可能是工作上遇到困难，也可能是感情陷入困顿，于是我们习惯性地垂头丧气，在心里把自己贬得一文不值。可是垂头丧气有用吗？也许是有用的，因为它能够让我们伤心难过到极致，甚至再也勇敢不起来。它就像沼泽地，会让人越陷越深。

我是怎么从这沼泽中爬出来的呢？源于一次路边的乞讨，对，我也做过“乞丐”。当时我抱着把吉他站在地铁站的出口，所有路过的人都会匆匆瞥我一眼，或欣赏，或鄙夷，更多的是冷漠。在巨大的压力下，我第一次感到无地自容，迟迟开不了口。慢慢地，有几个年轻男女停在了我的前面，他们看着我，无声地告诉我可以开始唱了。我低头看着手中那把2000多元钱的吉他，突然觉得对不起它，它不应该属于这里，我摸了摸琴弦，好像是在安慰它但更像是在安慰我自己。

然后，有一个姑娘走近我，我用余光看见她拿出了一张10元纸币，轻轻丢进了我放在地上的琴箱里。她走近之后跟我说了一句："小哥，唱一首吧，你看这么多听众呢。"

我抬头和她对视了一眼，突然有了勇气一般，是呀，我来这里是干吗的，不是因为没饭吃了吗，我得赚钱养活自己，我必须得唱出来。

随着我拨动琴弦，停下脚步的人越来越多。我唱了一首自己写的歌《全都是以为》，这首歌在酷狗网上可以搜到。

唱完之后，大家给了我热烈的掌声，又有许多人打赏了我。而刚开始鼓励我的那个姑娘又拿出了100元钱放进琴箱，还说了一句悄悄话："唱得特别好，歌也写得很不错，我相信你会成功的。"然后她转身离开，我望着她离开的背影心里却涌出一股斗志，原来陌生人的鼓励是这么有力量。突然，人群中有人对我喊，地铁站工作人员来了。我急急忙忙收起琴箱，一手抱着琴箱，一手拿着吉他往外跑，跑出地铁站很远，我都没停下，一直在跑，或许因为怕被追上罚款，或许是因为那姑娘的话让我充满了斗志。

所以，请把那些垂头丧气、自怨自艾的时间用来勇往直前吧，努力地奔向你想要到达的地方。

还记得我当时看完《秘密》后，可能是当时状态太低落，看完就像抓住了一根救命稻草，居然很神经地在家里抱着这本书想：我要赚很多很多钱，快给我很多很多钱。

现在想想，其实这本书写的这个充满神奇色彩的“秘密”，不过是告诉我们两个道理：一是无论何时心态都要好。如果你总往好处想，那你的心情就会好起来，做事的时候也会得心应手，也就不会有那么多的负面情绪。

我一直用这个“秘密”来激励自己。

无论是在我睡公园吃馒头就咸菜的日子，还是后来“被”单位开除，我都拼命地调节自己的情绪，让自己保持良好的心情，所以我一直都没有倒下。

二是要有梦想，有梦想才有期待，才有勇气前行。

我也曾经在很多个夜晚认为做什么都没有意义，认为每个人的结局都一样。那为什么我还要努力，还要那么辛苦地去成长，去为了梦想奋斗？

可是后来发现，我确实有想要得到的东西，我有梦想还没有实现，所以我不能有这么消极的想法，我必须调整好心态，重新出发，在每一次失败之后。

我开过三个公司：一个商务服务公司，一个文化传播公司，一个婚庆公司，最后都倒闭了。可是我依旧没有放弃，我还在寻找新的目标，寻找重新开始的机会。你如果要说你没有资本开公司，我可以告诉你，我每次开公司的钱都是我在酒吧唱歌、做路演主持人、发传单、教吉他等各种兼职赚来的，我可以骄傲地说，我就是白手起家。

最怕的就是你有大梦想，却眼高手低。我也想成为大老板，成为大明星，可是梦想是需要一步一步去完成的，也许从我发的第一张传单开始，也许从我在地铁口开口唱歌开始。很多听众都说我声音好听，问我是不是天生的。我想说我作为一个四川人，从小就不会说普通话，只是因为我记住了整本新华字典里的每一个拼音，我才会讲普通话，再加上将近九年的时间里，我念过数不清的稿子，才有了现在的播读状态。

请记住没有什么是不可能的，只要你敢想，也敢那么去做。

就像我，这个曾经的“学渣”，现在居然要出书了。我把这个消息告诉我的老师和朋友，他们都非常惊讶，有的人还以为我在说笑。再等几个月，我就把书丢到他们面前，让他们知道一切皆有可能。

如果此时的你没有爱情，而且正在经历苦难，那你就按照《秘密》这本书里讲的法则去做吧。想着你想要的东西，想要成为的人，然后你的身体会感应你的想法，朝着那个方向去做，去努力，最终你想要的一定会通过另一种方式送给你。

不管你认为我写的文章是鸡汤还是鸡血，我只是表达了我所想表达的，希望你看完后会有所收获和感悟。

“向前跑，迎着冷眼和嘲笑。”

我们变了，我们自己都不知道

初中同学兼好朋友小鱼5月20日领结婚证，晚上邀请我们一帮好友吃饭庆祝，席间有一位多年不见的初中同学打趣地评价我："善尼呀，多年不见，你变了好多呀。"我开玩笑地说："是呀，越来越胖，啤酒肚越来越大。"

回家之后看着镜子里的自己，突然发现我确实变了，那张放荡不羁，不谙世事的脸已经变得沉静恬淡，从眼神里也能看到更多的坚定而不是迷茫。

不只是外表发生改变，就连内心也千差万别，年少的轻狂与幻想变成稳重与现实，内心情绪也能随着岁月改变地能够自我控制和调节，"不以物喜，不以己悲。"

这是我第一次认真地思考自己的现状，也和过去作比较，原来自己变了那么多。

其实每一天我们自己都会有多多少少的变化，只是没有多少人真正会注意，当然，如果这些变化是朝着好的方向发展，那不注意它也没多大关系，但如果每一天都一步接着一步地走向深渊，你却丝毫没有察觉，等到了悲剧发生，一切后悔都成了来不及。

比如健康，每一天辛苦地学习和工作，忘记吃饭，熬夜拼命，总想着怎么样才能让自己获得高分或者得到高职。却没有在意自己身体的变化，当有一天你骤然倒下，一病不起，你终于发现自己的身体变了，却为时已晚。

前段时间去世的网易小编给我们留下了一句话："早点睡觉。"

是啊，如果身体出现了问题，那么一切美好你都不能享受，所以不管你现在处于什么地位，年薪多少万，健康没了，一切都变成浮云。

记得，注意自己的身体变化，别老把目光投向别人，偶尔也看看自己。

说到恰哥，前两天跟他聊到我的五年规划，他终于开始对自己的未来有了想法，开始关注自己的事业发展方向了，开始考虑是要继续朝九晚五还是另谋高就。

我其实做到了一个提醒作用，和席间那位许久不见的朋友一句"你变了"一个道理，终于让恰哥和我开始关注自己。

不管是谁都会变，所以我要说的是你必须开始关注自己，这会让你茅塞顿开。

总是有太多人把自己的平凡身世当作不能强大的借口，也有人把自己一次次地失败怪罪在社会的潜规则和黑暗面上。还有人会把爱人的离开看作对自己的抛弃，那你怎么不看看自己，是否是自己的坏脾气让对方忍受不了。

其实我们所遇到的一切不顺都有自己的原因，也许不能强大是你不够努力，也许一次次失败是因为你的思想格局不够大。

每一天的变化，它是一种积累，每一天都在变好，那未来一定越来越好。每一天都变坏，那也会越来越坏。

我每天健身，我的身体会越来越好，我每天喝酒，身体会不堪重负。我每天看书，我的视野会更加开阔，思维也会更加活跃，我每天《英雄联盟》，那我会打上钻石、王者。

关注了自己每一天的变化，你就会刻意地让自己的每一天都朝着好的方向发展，未来也会越来越好。

去年情人节前夕，我遇见一个女孩，很漂亮，酒吧里遇见的，朋友的朋友，我们聊得很投机。于是第二天就开始约她，热度不能减。

我带她去特色美食店共进晚餐，也会邀请她去我家为她做一桌自己拿手的家常菜。

送花给惊喜，不管俗的不俗的套路都给妹子全用上，不到一周的时间她陪我去选了情侣对戒。

在一起之后热度开始减少，我自己当时并没有发现，她开始抱怨说我变了。我不以为然，而最后的结局你也猜到了，她转身离开，我还莫名其妙。

这其实就是没关注自己的变化，我总认为是妹子变了，变得矫情和不可理喻，总觉得她无理取闹，却没有发现其实是自己变得冷淡。

不管是生活中的任何方面，每一天自己的变化都潜移默化地影响着周围的一切，到底朝好的方向发展还是带你走向黑暗，都取决于你自己。

毕竟对于你来说，你才是你人生话剧的主角，你支配着你的身体让周围环境或人物随之改变，如果想让周围的一切变得更好，你要做的就是把自己变好而且时刻对自己的变化进行调整。

希望下次有人说你变了，你会突然发现自己变得越来越好，你感激自己每一天注意饮食，注意健康，也注意自己的情绪，注意对待爱人的语气。每一天的变化你都潜读于心，对自己了如指掌。

所有的人都想去了解其他有趣的事物，对一切事物或人充满好奇，那为什么你不关注一下自己的变化呢？

人生第一大难题："我是谁？"你应该对自己充满好奇，挖掘自己更多的潜力。

总有读者问善尼，说为什么自己的爱人不像曾经那样爱自己了，善尼要告诉你：人都会变，曾经爱得再深再热烈。未来也有可能变成陌路人，每一分一秒都会变，一个爱你的想法和不爱你的想法会在一瞬间发生转换。不要小看人的冷漠，所以接受人会变化的现实，把每一个相处的时间把握得更准确，不让过程出现问题，也许最后结果就会是好的发展方向。

所以爱情和生活以及成长都一样，两个深爱的人最后都变了，彼此却都不知道。

不得不感叹我们变了，我们自己都不知道。

你过着让别人羡慕的生活

每个人都有想要脱离当下生活的想法，想去感受诗与远方的梦幻，想突然辞职，不顾一切地去体验新的生活，想说出那句“世界那么大，我想去看看。”但你有没有想过，也许你所厌恶的生活正是别人所羡慕的。

咖啡是一名作家，自由职业，他每天写写文章，旅旅游，生活看起来特别美好。

可是他却经常找我聊天，说他对当下的生活很不满意。而我和各位一样，非常向往这样的生活，对他的抱怨，脸上写着大大的问号！

咖啡说：“我走过很多地方，看过很多不一样的风景，却发现流浪永远都不是一个人最终的归宿。为什么人们向往旅行？因为在一个陌生的城市，人们会有新鲜感、好奇心，觉得每一个不同于现在的生活和地方都是美好的。然而在长时间的流浪之后，你会发现，自己的心找不到归属，没有了安全感。不想再折腾了，想过得简单点。”

有一次我独自旅行，那时候不是旅行高峰期，人不多。我坐在座位上看刘同的《你的孤独，虽败犹荣》，这本书我看了很多遍，很喜欢里面的一句话：“约会的时候，你总是只要一杯水，他常说不必省钱，你总是笑笑。离开的时候，你对他说，简单的东西不一定是最好的，但最好的东西一定是简单的。”

这句话适用于爱情，当然也适用于生活。

火车行驶了半个小时左右，上来一位姑娘，坐在我的对面，姑娘不算漂亮，但看着很舒服，也耐看。

姑娘先开口对我说：“那个，这本书，我也看过，一个人旅行吗？”

其实她上车我就注意她了，但毕竟是被搭讪，我稍微沉默了片刻，才说：“嗯，是啊，书里面写了那么多美好的地方，我想去证实一下是不是那么好。”

我尽量想让自己看起来文艺一点，毕竟一个人旅行的姑娘一般都喜欢有点文艺范的男生吧，我是这么认为的。

“我很久没有旅行过了，这条线我坐了无数次了。不过坐了无数次也觉得特别好。”她一边说，一边拨弄着头发。

“为什么呀，重复坐了那么多次，还能觉得很好？是我的话，早就厌烦了，我还以为你也一个人旅行呢。”我看着她的眼睛，她的眼睛很漂亮。“看你怎么想了，我现在工作很稳定，每周五就乘这条线回家，周日再坐回来上班。这样，回的时候想着家人在等我，觉得特别幸福，周末和家人一起吃饭一起做一些有意思的事情；离开家的时候，想着新的一周又来到了，要打起精神好好工作。”

“你不羡慕那种自由自在的生活吗？书里面说的诗和远方？”

“哪里都有诗和远方呀。比如说你，你没有去过我所在的城市吧，你一定觉得我的城市有很多新奇的东西，好玩的东西。但是对于我来说，那都是很平常不过的事情，很简单的事情，所以我们都活在别人的诗和远方里。”她的笑容很亲切。

她的幸福很简单，就是有工作可以让她努力，有家人可以给她温暖。

她过着一成不变的生活，也没觉得浪费生命，她总能在生活中、工作中找到最简单的乐趣。

我一直认为人生应该是轰轰烈烈的，要走过很多地方，要把生活过得丰富多彩，过那种诗一般的生活，在跟朋友聊天的时候，能说出很多好玩、新奇的事情。

而她却说：就像写文章一样，很多故事是作者把它们描绘得太复杂，其实简单的讲述，只要流露出真情实感，只要告诉受众你最简单的想法，也许就能感动他们。

咖啡最近发表了一篇文章，聊了聊他稳定下来的日子。他回到老家，还是继续写作，不过开始在电视台上班，过上了朝九晚五的生活。谈了一个女朋友，不忙的时候陪女朋友吃饭逛街看电影，周末陪父母去公园喝茶散步，偶尔和朋友小聚。里面有一句话让我印象深刻。

“我想我即将成为一个简单的人，做简单的事情，简单地爱着一个人，不再有那么多新奇的故事讲给你听，但是美总是需要善于发现的眼睛，简单的生活里也一定会有让我们幸福和激动的事情。比如，我快结婚了。”

参加咖啡的婚礼，五彩灯光打在他和新娘身上。咖啡一直笑着，他对着新娘说：“以前，我以为我属于流浪，我属于远方，漂泊了太久，一直没找到人生的方向。而现在，因为你，我有了家的感觉，原来人终其一生就是在找一个归属，一个家，原来有个家才是最美好最幸福的事情。老婆，我爱你。”

我突然想起几年前我跟我母亲聊天，谈及梦想，我说我向往那种自由自在、背着吉他四海为家的生活。我母亲听完后，很郑重地看着我的眼睛说：“孩子，或许我现在跟你说这些你不能接受，但是我还是要给你埋一粒种子。外面固然精彩，但精彩永远是短暂的，就像是烟花，只是灿烂了一瞬间；生活多数还是平淡简单的，永远活在轰轰烈烈里面，那得多累呀，永远得想着怎么去找寻那一瞬间的永恒。妈妈还是希望你未来不那么辛苦。”

现在回味这段话，确实是很有道理的，你渴望自由自在轰轰烈烈，但最终都是要回归平淡简单。

简单的东西不一定是最好的，但最好的东西一定是简单的。

你过着让很多人羡慕的生活。

你过着让很多人羡慕的生活。

你过着让很多人羡慕的生活。

重要的话说三遍。

世界是自己的，与他人无关

我们曾如此渴望命运的波澜，到最后才发现：人生最曼妙的风景，竟是内心的淡定与从容。我们曾如此期盼外界的认可，到最后才知道：世界是自己的，与他人毫无关系。

——杨绛

人呢，就活这么几十年，百年之后我们都不知道去哪了，除了死亡真的没什么事情是大事。我们要做的只是让这一生过得安心，安自己的心。

先来说说结婚这事。从古至今，结婚都被称为“终身大事”。婚结好了，一辈子幸福；婚要是结不好，那就得痛苦一辈子。

“男大当婚，女大当嫁。”所有的长辈们都注意的是这个“大”和这个“当”，忽略了最重要的“男”和“女”，也就是说人。

不管儿子女儿，一到年纪，父母们就忙着安排各种相亲，认为不嫁出去，不娶媳妇，就会被街坊邻居指指点点。这种父母只在乎自己的面子挂不住，却很少考虑子女的感受。

我相信现在的年轻人，还是向往着爱情，向往着缘分的。所以现在不是有很多例子吗：父母给相亲介绍的对象，一切都给安排好了，结果最后婚礼上逃婚了；有的结婚后，过不下去闹离婚的；有生了孩子还是天天吵架、打架，最后因为孩子不离婚，互相折磨的。

没有感情基础，谈何幸福。

都说“不听老人言，吃亏在眼前。”那听了老人言，现在没吃亏，未来吃亏怎么办？

婚姻如此，其他方面也同样如此。

我表哥，身高1.8米，因为篮球打得好，所以高中的时候想学体育，想打篮球，这是他的梦想。高考时，表哥考上了一个体育院校，但因为家里的一位长辈说表哥那是不务正业，加上父母的压力，表哥最后又复读一年，一年后考试成绩更不理想，最后学了他不怎么喜欢的专业，毕业后也没好的发展。

再说说我吧，我从小就是个文艺少年，喜欢唱歌，还胡乱写歌，但囿于家庭条件，小时候没有机会系统学习。在初中时，我也想学艺术，结果周围的亲戚也是各种反对，最后升高中的时候，分数太低，父母交了很多赞助费，才让我上了一所重点高中。父母的付出我很感激，可偶尔也会想，这么多的赞助费真的够我去学艺术了。

高中，我依然还是想学，父母不让，幸好我属于性子比较烈的，偷偷去学了才告诉家长，最后顺利考取了喜欢的专业。虽然毕业后有过坎坷的经历，但是现在我过得很好。所以我运气还比较好，因为自己的不听话，让我有了未来的路，正确的路。

但不是所有人都会像善尼这样，很多年轻人也觉得学习、工作、婚姻等都是人生大事，也怕自己做出错误的决定，所以对父母的话言听计从。可善尼想说，即使自己做出错误的决定，付出了一定的代价，只要勇敢面对，不断反思，及时调整方向，又有什么可怕的呢？只要还有一口气，就有改正错误的机会。

现在很多人，很从众，看到别人说什么好，就一窝蜂地去买；听到什么项目好，就去投资，最后钱都打了水漂。很多的事情，还是得有自己的思想，得自己去考虑，老是跟着别人走，那和傀儡有什么区别？

有人说，你这是叛逆，你这是与大众背道而驰，可很多成功的人，比如比尔·盖茨、马克·扎克伯格等，都是从世界著名学府退学，然后开始自己创业的。他们的行为一开始也不被看好，可如果他们随波逐流，在乎别人的看法，那么世界会进步吗？我们能接触那么多新的产品和新的体验吗？其实每个人的潜力都是无限大的，只是很多时候，我们被传统文化、被长辈逼迫，让我们没有办法有自己的思维。

像善尼这样做自由职业，自己做生意，靠手艺养活自己的人，虽然累点，很多时候不被理解，偶尔还得做一些不愿意做的事，但是我们所拥有的技能、思想不会丢，因为这是养活我们自己的关键。我们会更加努力，我们能把我们的想法、我们的创新尽全力展示出来，我们中有的人会成功，也有人会失败，但是我们无怨无悔，自己选的路，不怪别人。

我们一天天地长大，身边的一切包括自己都在变化，旧的思想有的是可取的，有的是该被摒弃的。没有说到了年纪就要结婚，没有遇见那个人，我还可以等。因为父母要抱孙子，因为旁人的眼光，所以我就该去顺从旧的思想吗？我就该违背自己的心去将就一个人吗？

我有自己想走的路，我有自己的思想。每个人都很爱自己，也都想做那个独一无二的自己，那你就得行动，好好思考自己面临的每一件事情，到底对还是错，自己做决定。过别人为你决定的人生，你在老的时候，只会留下一声叹息，只有自己决定的人生，才会无怨无悔。

人呢，就活这么几十年，除了死亡真没什么事情是大事，错误的决定、失败的经历、难熬的挫折等都没什么。不要委屈自己，顺从自己，从心出发，去探寻自己到底要的是什么。没事就问问自己的内心，现在的处境是自己真实想要的吗？

如果不是，尝试着改变，如果失败了，爬起来，重新来过，直到你变成你自己。

感谢你让我成了我

工作室的最角落里放着一张照片，大一时候的你，一件黑色的卫衣，脸上是对这个世界最简单最无害的笑容。那一天，你一大早都在纠结要穿什么，毕竟那是你第一次拍艺术照片。最后还是穿得很随意，也看不出有精心准备过的痕迹。

五年后再看到你，觉得也挺好的，简单，随意，像你的风格。

十九岁的你，对外面的世界充满了好奇和热情，对所有的一切报以微笑，你那个时候还不知道吧，后来你也会度过很多个没有笑容的夜晚。

在寝室里通宵玩游戏的你，没有想过后来会对游戏嗤之以鼻吧。

有一件事情是你当时就明白的，你不能鱼和熊掌都能兼得，因为你的想法总是那么特立独行，做着和别人不同的事情，但是我很感谢那个时候你那么去做，才让我成了我，而且从来没有放弃过。

很多人说你不合群，说你傻，总是坚持做自己最喜欢的事情，哪怕那件事情并没有什么报酬和好的评价。

你写过一首歌，被知名的音乐平台选中，虽然是被收录了，可是却没有多少人听到，你每天看着播放量，即使增加一个，你都能开心一整天。你没有放弃，继续坚持着，想要写出更多好的作品，正因为你的这股子倔强让现在的我遇到事情不会退缩，一定会硬着头皮冲上去。

在这样的生活当中，你失去了很多，但是你得到了更多。你没有随波逐流，没有和室友在网吧通宵厮杀，你被他们排除在聚餐之外，但是你却成为音乐社的社长，有了一大帮志同道合的朋友。

我知道，那段时间的你很辛苦，每天只睡几个小时，想着社团的章程，如何申请，怎么跑通各个老师和主任，有时候老师不在，你一等就是一下午。现在的我特别感谢你那个时候的坚定，让我懂得最难过的日子再熬一下应该就会到头。

你曾经遭遇过一个真心实意想去交的朋友的狠狠背叛，这让现在的我懂得了怎么去选择朋友，怎么和朋友相处。

你曾经以为你爱的人是因为距离离开你，这让现在的我懂得那不是因为距离而是因为不爱。

你曾经的不合群，让现在的我懂得了，不适合的圈子不能碰，自己的圈子要维护。

你曾经坚持努力做的每一件事情都是有意义的，不管它是成功了还是失败了，它都被时间记录下来，成了未来的铺垫。如果你那个时候不那么做，一切都会朝着不同的方向发展吧。

所以我特别想和你说一声谢谢，无论曾经的你放弃了、失去了、错过了什么，还是得到了、学到了、领悟了什么，那一切都成了现在的我的一部分。

我翻着照片。

看到正在做着自我介绍的你，你说你叫善尼，你有梦想，而且会一直坚持下去；

看到一大早就跟阳光赛跑，说要和它一起成长的你；

看到在录音教室认真录音，一遍遍地重复的你；

看到为了一个突然到来的灵感，从被窝爬起来记录的你；

看到深夜为了一个策划案，开着小台灯，奋笔疾书的你；

看到为了给她一个惊喜，悄悄准备好久，细心又担心的你；

看到成功之后开怀大笑的你；

看到失败之后失声痛哭的你；

看到分手之后，转身离去面无表情的你。

我突然想起了你，所以想写下来，就像你曾经在日记中写过的一样，五年后的我必须要写一封信给你，十年后也要有，二十年后也要有，要让你知道，现在的我过得怎么样。

告诉你，因为你，我现在特别好，我没有再因为过去的失败而懊恼，因为它们变成了我的垫脚石。我没有因为她的离开而萎靡不振，我还相信爱情，我也相信我会遇见一个更好的她。我会想起你，因为你是我最铁的哥们儿，你把我从幼稚变得成熟，把我从复杂变得简单，把热烈变成淡然，把快乐变成幸福。

你爸妈也挺好的，虽然他们额头上又多了几条皱纹，眼角又爬上了几条鱼尾纹，不过你放心，我会帮你好好照顾他们的。你年轻时对他们的伤害，我都会尽量帮你弥补的，我会带他们旅行，带他们享受生活与美食。

他们偶尔也会提起你，不过总是说你坏话，说了什么我也就不跟你讲了，反正我知道你也听不进去。

好兄弟，感谢你让我成了现在的我。

我也很想你，虽然你回不来了，但我会一直把你留在心里。

放心，我也会好好照顾我自己的。

你不用担心，毕竟我就是你。

做自己该做的事，别和别人比

之前在知乎上看到这样一个问题：“‘别让孩子输在起跑线上。’这句话有道理吗？”看到这个问题时本来准备长篇大论地好好来吐槽一番的，不过又突然看到一个相当精辟的回答，让我觉得已经没有必要再回答这个问题了。

“一辈子都要和别人去比较，是人生悲剧的开始。”

小时候，父母总是拿“别人家的孩子”和我们作比较，我们恨透了这个“别人家的孩子”，觉得父母很讨厌，可为什么等我们长大了反而看不开了呢？

某天我正在进行睡前阅读，读戴尔·卡耐基《人性的弱点》，突然电话屏幕亮了起来，进来一条微信。一位听众说：“善尼老师，你能告诉我你是怎么在24岁生日后渐渐好起来的吗？我现在处于快毕业的阶段，不知道自己应该做什么，特别的迷茫。”

我突然回忆起来，我24岁生日时送给了自己一份礼物——一期电台节目。节目中讲述了我24岁之前的一些经历，那会儿我特别迷茫，毕业一年了，还不知道自己要做什么，在地方电台实习几个月，一分钱的工资都没有，还伸手向爸妈要生活费。

我回信告诉她："自己喜欢什么，就做什么吧。我那个时候也是这么做的，做我最喜欢的播音工作。"

她说："我很迷茫，不知道自己喜欢什么。我本来是个挺乐观的人，但是我的闺密们很多都拿到了不错的offer，我整个人都不好了。我海投了那么多企业，都没有回音，我特别难受，为什么她们可以我就不行。"

我想都没想就说："永远不要跟别人比，你会受伤的。"

她回信很快："我也不想，但是朋友优秀了，真的会有一种莫名的压迫感。"

安慰别人，最好还是摆事实讲道理，于是我开始给她讲我之前的事情，"其实从大学毕业开始，我就已经感觉到很多的不公平了，同一年毕业，我还在录音棚里给别的公司绞尽脑汁地写着企业歌曲，甚至连着三天三夜赶工，最后还拿不到多少酬劳，每个月还为房租而苦恼时，有的同学已经当上了总经理、厂长，有的创业稍有起色，还有的已经出国留学了。

"他们中有的老爸是董事长，儿子毕业做个总经理算什么；有的老爸是厂长，儿子毕业子承父业；有的家里有钱，送儿子出国继续深造，要么支持孩子创业，反正有钱，失败了也无所谓。

"当然也有那种靠自己，刚毕业就顺风顺水的同学。我那个时候心里特别不平衡，为什么那些家里有钱的同学就能跳过毕业后的奋斗，直接做管理层？为什么那些同学靠自己，就顺风顺水，而我自己却一点起色都没有呢？我那段时间极度怀疑自己，觉得自己怎么就这么不如他人，怎么运气这么差，我甚至无数次想过放弃，觉得自己怎么努力都不可能和他们一样。

“不过有一次下班，我遇到一名乞丐，他伸手向我要钱，我给了他一些零钱。在给钱的那一刻我突然想到，如果我是乞丐，我得多羡慕对自己施舍的人。我发觉，如果总是和别人去比较，总会有比自己好的，当然也会有比自己差的。

“和差的比，会让你骄傲自满；和好的比，你会自卑，觉得自己一无是处。总的来说，都是不好的状态。”

每个人都有不同的出身和经历。和别人比总是会充满着攻击性，如果你心态好，还能从比较中获得动力，当然也是一件乐事，但最好还是不要比较，过好自己的日子，做好自己该做的事情。

《人性的弱点》中讲到：人总会羡慕嫉妒恨，通常看见比自己好的，不会第一时间想到该努力奋斗赶上对方，而是为自己没有对方那样的好运气和好处境而烦恼，让自己受伤。

把话说白了，再怎么比，那也是别人的人生，与你毫无干系。此生还是多看看自己，因为你才是自己的主人，如果找到真正的自己，那就成功了一大半。

你要爱上你当下的生活，因为生活总是在慢慢改变，你所向往的生活会通过你的努力得来。

你要爱上你当下的生活，因为你当下所经历的一切，都会变成岁月中的故事，甚至，愈是困难，愈是值得回忆，它们终将成为你生命中的财富。

如果诗和远方，都是你

我以前是搞音乐的，有一帮搞音乐的朋友。有的人说我们这群人是“神经病”，也有的人羡慕我们的自由。

我们中间有个姑娘，叫诺娜。她文身、抽烟、喝酒，她喜欢大声唱歌，她喜欢挑战。

那些年我们经常就来一场说走就走的旅行，背着吉他，带着梦想就踏上未知的旅途。

诺娜全身上下都是叛逆，经常做我们觉得匪夷所思的事情，她骑摩托车在马路上狂飙，她做模特拍写真，她鄙视不能与之为伍的人。她说她爱这样的生活。

我和她关系还不错，可能是因为我们都不轻易妥协，不愿意向生活低头。

当我再次踏上追梦之旅，我离开了这一大帮兄弟，走的时候喝了酒，他们说想回来的时候我们欢迎你。

她是突然离开的，无声无息，之后好几年都没有她的消息。前几天，她突然联系我，说在听我的电台。我特别惊讶，也特别好奇她离开后的生活是什么样子的。我以为她会比曾经还要疯狂。

出乎意料，她说："我结婚了，现在孩子都一岁了，我现在过着朝九晚五的生活，文身洗掉了，烟和酒在怀孕那一年，和老公一起戒掉了，偶尔还弹弹吉他，弹吉他的时候会想起你们，也会想起我的过去。现在我很满足，这才是生活的样子。"

我惊讶于她的改变，但也许生活的状态其实和生活本身无关，而是和你的心态有关。你如果热爱现在的生活，你就会觉得快乐和幸福，它就是你的诗和远方。对于诺娜来说，曾经她的诗和远方是不羁与流浪，现在她的诗和远方是平淡简单的生活。

所以生活并没有欺骗你，是你自己骗了自己，总把未知当作美好，并未察觉未知中潜藏的危险。

只要改变就一定会有风险，改变就意味着得放下过去重新开始，成功还是失败还得看造化。

但人总得经历，在不断经历中才能成长，才能让你成为真正的自己。

我做了一档电台节目叫《说给女人听》，这节目主要在讲男人是个什么样的物种，他们的心理如何。

总会有一些妹子们（其实还有很多大姐、阿姨）给我发信息打电话，基本上诉说的都是不幸的遭遇。比如老公对自己冷淡，老公夜不归宿，甚至有的在外面有了外遇。这些自觉悲惨的女人们跟我说她们不知道怎么办。

我相信，你身边也有类似遭遇的女性朋友，这时你会怎么说？

朋友A说："哎呀，你跟你老公好好谈一谈嘛，谁不犯错误呢。"

朋友B说："真是的，他怎么可以这样，谴责他，强烈谴责他。"

我会说："先不讨论这些，你换位思考一下，如果是你，你出轨了，你老公会怎么对你？沟通是婚姻的保鲜剂，相互包容，相互理解才能走得更远。想要拥有好的婚姻，必须做到同心，付出真心，相互包容，长期不放松地经营。但愿我们在婚姻里好好说话，不争不吵，轻言细语地商量和同心同德地行走。"

很多人，总是活在别人的世界里，总是给别人的电视剧当配角，最后受伤的总是自己，还笑着说，没事，我挺好的。

愿我们的余生，不是搭伙过日子，而是携手同行。

人生既要梦想，也要面包。

每每看到选秀节目中的评委问选手"你的梦想是什么？"的时刻，我都特别认真，认真地听着选手聊着他的梦想。最后选手大都还会加一句"梦想是要有的，万一实现了呢？"

嗯，有道理，我买了那么多年彩票，也没中过五十元钱以上的，每次付给卖彩票大妈两元钱的时候，我都在想："万一中了呢？"

每个人都有梦想，每个人都渴望人生轰轰烈烈、潇潇洒洒，然而大多数人的人生依然是平平淡淡、庸庸碌碌。

有梦想可以，但前提是你能填饱肚子，有面包吃。

这跟我做电台是一个道理，我当然渴望有更多人收听我的节目，让我火一把。但是在我追逐梦想的过程中，我必须先做一些能够填饱我肚子的工作，开公司、做主持人、做配音、卖零食，我在填饱肚子的前提下再去谈梦想。

只有把眼前的小事做好了，才有机会有能力去完成梦想。

梦想是立足现实的，吃饱饭，睡好觉，实现了固然好，没实现也不必固执。

我的一位长辈在跟我聊天的时候谈到一点，他说："人眼睛所看到的，耳朵听到的，只有自己亲自感受到的才是最真实的，而我们看不到的，听不到的，和我们没有交集的一切人或事物都是虚幻的。"

我反驳说："不可能呀，怎么可能虚幻，我电视上看到的，我广播里听见的，那些其他人和他们发生的事都是存在的呀。"

他说："你想一想，你一个人在家里，旁边没有任何人，你关掉灯，关掉手机，关掉电脑、电视，与外界断开所有的联系，你还觉得他们真实存在吗？此时此刻你只会感觉到只有你自己才是最真实的。"

当时我觉得他的这番话是一种负能量，太以自我为中心，认为只有自己真实，其他人都是配角。但是后来我仔细一想，当我们的想象力以自己为中心向四周辐射时，我才是主角，因为只有我可以演好这场戏，其他所有人都是辅助我的。我必须过好我自己的生活，才能让这个世界美好。

这也应了那句话：你的心态是怎么样的，这个世界就是怎么样的。

现实就像一幅八卦图，有黑也有白，希望大家面对某些负能量的时候，能有一种能力，把负能量变成正能量，不能改变现实，那就改变自己。

我全身充斥着“负能量”，但我依然还是微笑着面对生活。

我开始喜欢当下的生活，因为我把当下视为诗和远方。

我还是会相信爱情，你来，我对你视若生命，你走，我当你从没来过。

我还是有梦想，在力所能及的情况下去坚持去努力，至少大梦初醒时我没有荒唐一生。

迷茫的青春其实就是懒

那天我和恰哥两个人开着车兜风，我跟他说起我未来五年的计划。我说现在我做活动公司、做主持人，维持生计，但是我依然坚持在网络上写作、录节目、做音乐，这些是我的梦想，再难也要坚持。未来五年我会让更多的人知道我，也要让我的作品变现（因为现在都不赚钱）。

恰哥听完我的五年计划之后也没说话，点燃一根烟，吐出的烟雾里有一些迷茫的味道。

也许你也和恰哥一样，正处在迷茫期当中，做着一成不变的工作，也没有对未来的规划。

如果你想摆脱迷茫，首先你得认清你自己，读懂你自己，自己到底是什么样的人，到底想要什么。周星驰有句电影台词："做人如果没有梦想，跟咸鱼有什么分别。"最开始我也觉得这句话矫情，后来我发现，如果你的人生什么追求都没有的话，那还真不如一条咸鱼，起码咸鱼还能下饭。

人必须有点盼头，不然每天醒来看着镜子里的自己都能发几个小时的呆。你胡思乱想，你迷茫，不知道自己想干什么，但其实你只是懒，始终迈不出去第一步。

每个人心里都会有向往的事物或者是人，你哪迷茫了？你哪怕有一个喜欢的女神/男神，这也是你的追求和目标，那你就朝着目标前进呀。你借口说别人是女神/男神看不上自己，你都没努力没冲上去，没给自己一个机会，那别人又怎么会给你机会？

目标不一定非得是外人看来的高大上，但必须是你真心想要的。

我一个朋友从国外留学回来，却一心想做一个工人，总往工地上跑。很多人不理解他，但我觉得人家想做什么就去做呗，只要这是他想要的，至少他在行动。

另一个高学历朋友，明明能过上更好的生活，却选择了去偏远山区支教。她说很多人不理解自己的选择，但是只要自己认为是对的，那就得坚持，努力去实现，不然未来铁定后悔。

比如我想旅行，想过诗与远方的生活，那我就得先做旅行攻略，然后要挣旅行的费用，之后我就要想自己能做什么，做什么才能赚钱。有了目标，然后一个个推敲下去，你就知道自己此时此刻该干什么。

你现在静静地想一想，自己到底想要什么，就第一时间想到的，哪怕是天马行空都好。只要你有想要的东西，只要行动起来，你的青春就一点都不迷茫。

别再叫着谁的青春不迷茫了，迷茫的青春其实就是懒而已。

那到底怎样才能不无聊，使自己的生活更加充实?

首先你得有一颗好奇心，而且你得热爱生活，关键还不能懒。你下班回家就躺沙发上一动不动，刷完朋友圈刷微博、刷某宝，点完所有的小红点之后，你发现自己生无可恋了，完全不知道干啥，这说明你已经是“无聊癌”晚期了。当然，这能治，来，现在站起来咱们一起干点不无聊的。

打发无聊的最棒的事情就是运动，现在年轻人总是站着不如坐着，坐着不如躺着，缺乏运动。在最该活跃的年纪选择了待着不动，这是不行的。

早上很早上班没有时间运动?没关系，现在不是都流行夜跑嘛，而且专家也说了，夜跑比晨练的效果还要好。而且现在手机上那么多运动App，随便下载一个，那上面都有科学的运动计划，别老拿手机玩游戏瞎聊，手机其实也可以变成健康生活的助推器。

刚开始坚持不了多长时间?没关系，只要坚持就行。比如说善尼自己，最开始也只能跑3公里，后来每天增加一些，再后来1小时能跑10公里，我自己都挺惊讶。如果你实在没有时间运动，或者觉得单独拿出时间来运动很费事，这样吧，你上下班别开车了，走路也是一个不错的运动选择。

现在年轻人总是没什么耐心，但有件事，保证锻炼耐心而且还陶冶情操，那就是画画。善尼对于画画是完全陌生的，不过也慢慢爱上了这样一种打发无聊时光的方式。

网上有很多教画画的书和视频，无聊的时候就跟着画画，慢慢地你会发现，你做事变得专注、耐心、不再急躁了，偶尔还可以跟朋友谈谈某个画家的风格等，好像格调也提高了不少。

不论你有多宅，对于美食，我相信你总是不会拒绝的。很多人总是口口声声说着，咱是吃货，到处寻找美食。寻找美食确实也是打发无聊时光的好方法，但是，如果你开始学着自己去做一些美食，我相信你更不会觉得无聊。

同样的，还是可以用手机下载美食App，上面有各个地方的美食，而且制作的材料、步骤都写得特别详细，你只需要选择一道你想做的美食，比如芝士蛋糕、意大利面、牛排、寿司、猪扒饭、双皮奶、比萨等，然后按着步骤来，就可以做出一份让人流口水的美食。如果你能爱上制作美食，我相信你真的就不会无聊了，每天换个花样做，一辈子都做不完。

当你有了一定经验的时候，甚至可以开始自己创造属于你自己的美食了。当然，最开始很有可能做出黑暗料理，没关系，坚持就是胜利。最后你还可以给做出来的美食起名字，比如善尼炸酱面、尼尼蛋糕。

别一无聊了就去喝酒、泡吧，只要你积极热情起来，充满好奇心，生活中有很多有趣的事情等着你去发现去做。像收拾屋子呀，养点小花小草，帮邻居带小朋友，去养老院给爷爷奶奶唱歌，午后在河边的小茶馆喝杯茶，看看书，约朋友打篮球、网球、足球，学习乐器，心灵手巧的可以做做小手工……总之，打发无聊时光的方式太多太多了。

善尼每天看书，写文章，录电台，偶尔逛街寻找美食，看看电影，一个人坐车来趟说走就走的短途旅行，有时候还喜欢漫不经心地在河边走走，戴着耳机，思考人生，感觉做什么事情也不会觉得无聊。可见心态很重要。

如果你还是无聊，那终极奥义来了，找个对象吧，找那种事多话多，爱黏着你的，保证你不会无聊。

毕业两年，我过上了想要的生活

那天晚上，成都的天空特别干净，我躺在公园的长椅上看了一晚的星星。

这么形容你会觉得我真是好有闲情雅致啊。实际情况是，当时我没有钱租房也没钱住旅馆，只能啃着馒头睡在公园的长椅上，第二天早上还被保安亲切地请出了公园，独自在街头晃荡。

后来我有了住的地方，但每天还是吃馒头加咸菜，夏天的晚上每天和高温及蚊子大战三百回合；和相恋四年的对象分手，每天还要承受思念和不甘。

总之，毕业后，我失恋了，也失业了，我失去了方向。

人才市场一个月2000元的工作我和197个人争，我败下阵来；网上招聘被骗，浪费掉身上仅剩的路费；后来找到工作，写一首歌能卖几万元，老板只给我2000元，最后还莫名其妙地被开除。

后来，我开始做主持人，商家在室外搭个小舞台，我站在上面吼一天，最后嗓子哑掉，还被拖欠工资。

在酒吧唱歌，一个月2000元工资，有一半被老板强制换成了酒，我饭都吃不起了还喝酒！在某地方电台实习半年，一分钱工资没有；在某电视台主持栏目，结果到现在都没有付清我那一点点的活动费用。

这是我毕业之后发生的一些事情。

现在，我每天录录音、写写文章、玩玩游戏、喝喝咖啡，一个月赚得比某些朝九晚五累死累活的工作还要多。

到底为什么会有如此大的转变？在我毕业两年的时间里，我想告诉你原因。

在对这个社会失望到极致的时刻，我听到一些声音，也许就是某些人所鄙视的心灵鸡汤。

这些文章告诉我无论如何都不要放弃，我才慢慢地调整过来。很多人说心灵鸡汤并无作用，是的，心灵鸡汤确实比不过干货，它不会告诉你应该怎么去做才能摆脱当前的困境，但是它会给你站起来的勇气。这也就是为什么我后来会写这样的文章，也会录这样的故事，因为我觉得和我有同样境遇的人是需要这些的。我于是想，也许我也可以通过声音把力量和温暖带给他人。

我开始试着做起了网络电台，刚开始的时候受到了太多的鄙夷，爸妈的不理解，亲人认为我不可理喻，朋友们觉得我疯了。而且最开始的时候我也想过通过做电台赚钱，但是做了很长一段时间我发现我错了，因为电台真赚不到几个钱；于是在做电台的同时，我还是接着做主持来维持生计，直到后来自己开公司。

电台从最初的只有我一个听众到现在的20万听众，虽然比起大V来说不算什么，但这也是我努力半年的结果。半年来，我承受着各种怀疑，每天凌晨3点之后才睡觉，每天搜集素材，看书写文章，编辑公众号，录音做后期，联系各平台小编，各种约稿，白天忙工作，晚上忙电台。很多听众以为我是有团队的，然而这一切其实都是我一个人在做。

努力不一定会成功，不努力就一定没机会，但是努力了一定会改变一些什么，这是我坚信的。

现在的自己不用朝九晚五，所有时间我都可以自己安排，我把自己的每一天都过得特别充实。

每天晚上睡觉之前，就在小黑板上写下第二天自己有哪些事情需要完成，然后第二天一件一件搞定。我能在空余的时间来一场说走就走的旅行，也可以在完成所有工作之后找一个安静的地方发呆。

我还不是一个传统意义上的成功者，还有更多的发展空间，还能无限地强大自己，但现在的我比睡公园的自己好太多了。人还是要和自己比，只要变成更好的自己，也是一种成功。

有一个朋友是飞行员，他说很多乘客跟他说，感觉坐飞机特别危险，然后他说其实飞机在地面上更危险，因为不起飞，飞机的零件设备老化程度会更快。飞机是因为天空而生的，如果一直处在不属于它的地方，就不能发挥它的作用，而且也更容易变成废物。

有太多人不敢起飞，明明你可以翱翔，却一直默默地走路，一辈子都没有为自己而活过。

世界上每一个人都是平等的，生命和时间就只有那么多，又有多少人真正地活过？

生活里不止有房租和水电，工作和加班，还有其他很多美好的东西。

当然，不得不承认，生命是辛苦的，无论做什么其实都很累，那为什么不去做自己喜欢的呢？同样花费时间，同样承受痛苦，为什么不能让自己满足自己呢？

我毕业两年了，我过上了我梦想的生活，当然还不够，我还可以让梦想的生活变得更好，我会为之而继续努力。很多时候是你自己的思想羁绊了你的生活，把它打开，也许你会看见更好的自己。

低质量的社交，不如高质量的独处

很多人应该都有过低品质的社交，比如社交对象的质量不到位，就不能收获一次高质量的谈话。你谈天说地，他歌舞升平；你谈的是对生命的思考，他跟你讲的是："哥们，再喝一个。"

人们之间的交往，你要学会在接触之后对他们进行质量的评估。很多人和你不过是点头之交，喝茶、打牌、唱歌、喝酒，然后彼此说些无关痛痒的话。你以为你收获了快乐，其实你只是又糊里糊涂地过了一天。

在很多人看来，认识的人越多越好，多一个朋友多一条路。但是人与人之间的交往是你来我往，长时间的交互才会形成真正的友谊，这个时候才能称为朋友。其实你和很多你自以为的朋友不过是吃了几顿饭，喝了几顿酒，这样的朋友我相信是打引号的。

微信朋友圈之前有一个游戏：如果我无家可归了，有谁会收留我。你觉得这些酒肉朋友会毫不犹豫地接纳你吗？你和他们的关系永远是站在利益之上的。

人和人之间的交往很多时候是建立在利益价值之上的，你的价值越高，身边围绕的“朋友”就越多。可是，假如你的价值消失，比如你公司破产，你官位不保，等等，这些“朋友”还围着你转吗？那你为什么把那么多时间花在这些人身上？

真正的朋友是用心交的，当然还要加上时间，因为日久见人心。

你每天花大量的时间在各种微信群当中活跃着，翻看着一条条的聊天记录；你去参加某个聚会，最后发现狂欢是一群人的孤单，聚会结束，留下的是空虚寂寞冷；你无休止地想要讨好某人，而别人只在你送上“礼物”的时候才正眼瞧你。

这些低质量的社交，不要也好。

小时候我一直很羡慕那些穿梭于灯红酒绿的人，而后来当我也穿梭于灯红酒绿的时候，发现每天我会认识很多人，都是陌生的面孔，我们称兄道弟，几杯酒下肚就学着刘关张桃园结义。而第二天酒醒之后我连那人的联系方式都没有，甚至已经记不清他是什么模样。

第二次见到这个人，我们彼此顿个几秒钟，感觉好像在哪儿见过，于是喊着“兄弟，你是那个谁是吧？”然后继续喝酒，喝醉，第二天继续不知道谁是谁。

也许有些你留下了联系方式，但你有拨通过一次吗？当你真的遇到困难，需要借钱需要帮忙的时候，你会首先想到这些人吗？

与其每天东奔西走，进行低质量的社交，还不如一个人静静地待着。

“喂马，劈柴，周游世界。”

“面朝大海，春暖花开。”

当然在城市里，我们没有那么多诗和远方去感受，但你可以发呆、看书、听音乐，你可以健身、看电影、骑行。

一个人该怎么高质量独处因人而异，最重要的是看你自己想做什么，做自己最喜欢的事，爱自己最爱的人。

你要相信，一个真正成功的人一定是学会了独处的人。要保持内心的平静才能够冷静思考，你总是说身边的一切太浮躁了，那么你就试着远离那些不好的人或者地点。

有一天你会明白，你会想去和更优秀的人聊天，他们不会带你去酒吧，也许只是陪你在河边走走。你能从他们那里学习和领悟一些东西，这才是高质量的。

社交并不光指认识很多人，而是充满选择性的。之前看过一篇文章，说为什么优秀的人不会帮你，是因为这些比你优秀的人明白一个道理：跟你的社交对他们来说是低质量的，有素质一点的会敷衍你，绝情一点的会对你闭门不见。

低质量的社交，不如高质量的独处。

简单的不一定是最好的，但最好的一定是简单的

这座小城有古老的气息，江对岸的皇泽寺，是为了纪念武则天而建。我就出生在这座小城里的一个普通家庭。

我的家乡利州是一个被山围起来的城市，小的时候我就住在山上，那座山叫东山。大家都住在自己盖的砖瓦房里，或许没有北京四合院那么多的情怀，但也是我记忆中最简单美好的时光。

光着屁股在小巷子里穿梭，会有邻居老爷爷提醒，孩子慢点跑。拿着妈妈给的五毛钱，买一串冰糖葫芦，就可以乖乖地坐在院子门口舔上一个下午。那时的阳光刚刚好，洒在院子里小猫的身上，不时让它舒适地伸一个懒腰。我特别喜欢院子里的秋千，它荡起了我未来的梦。有一次妈妈抱着我，说咱们要搬家了。那个时候我对搬家这个词还很模糊，只记得自从离开小院以后就再也没回去过，小猫没有带走，秋千也没再摇晃过。

我们搬进了一栋三层小楼中的一间屋子，是妈妈公司分配的房子，现在看来，应该叫宿舍。一个房间被衣柜隔开，就有了客厅和

卧室，厨房和厕所是大家公用的。我觉得没有小院好，因为不再有小巷让我穿梭，门外车水马龙，我就像被关起来一样，在窗户里度日如年。

后来又搬家了，这次的房子有八层，是爸爸公司修的楼房。我们有了真正的客厅、卧室和厨房，我也有了自己的房间。但我还是觉得小院好，因为那里有秋千，有小猫。

唯一让我开心的是对门阿姨特别好，假如我放学回家时，爸妈还没有下班，阿姨就会让我去她家里等，还让我看动画片吃零食。

又一次搬家，这次有二十多层，电梯公寓，邻居有四家，大概有十多个人，我一个都不认识。

只是偶尔和邻居一同开门进屋时，尴尬地笑笑。

房子越来越大，可是心却越来越小，周围的人也越来越少。

重重的防盗门隔开的不只是坏人的不怀好意，也隔开了人与人之间最简单朴实的交流。

记得住在砖瓦房的日子，门是木头制作，窗户也不够牢固，但是却有着满满的安全感，周围邻居上班上学路过你家门口，都会笑着和你打招呼。门口的邮筒装满我曾经对远方的幻想，邮递员经过的时候，我会调皮地拉开他的袋子，看着这些充满思念的信件是送向何方。或许有北京，或许有上海或者是深圳。

“从前的日色变得慢，车，马，邮件都慢。”

记得在看《北京遇上西雅图之不二情书》的时候，姣爷和

Daniel两人由一本名叫《查令十字街84号》的书牵连在一起，展开了一段书信传情的浪漫心灵恋爱。也许是因为现实中这样的故事很少很少，所以这部电影才给人一种单纯美好的感觉。

因为互不见面，编剧不得不用两人各自的经历构建起电影的来龙去脉。姣爷和父亲的前女友是相依为命的孤独灵魂，面对爱情一次次飞蛾扑火却屡屡遇人不淑。Daniel因为童年创伤缺少安全感，生活中除了赚钱没别的，对爱情一直都持不信任的态度。两个孤独的灵魂却因为一本书开始了书信往来，也开启了相互取暖之路。

信件中带着古典诗词还有鸡汤，一点点打开彼此心扉。直到最后穿越人海，一个拥抱让我们掉下眼泪。

影片中姣爷饰演的角色本身并不单纯，Daniel所饰演的角色也一样不够单纯，却因为书信，因为遇见另一个人而变得单纯。直到最后在小店里相遇，相视一笑，完美收场，书信爱情步入现实。

其实生活越简单越快乐，无论是陌生人的关爱，还是爱情中简单不复杂的美好。

没有人能决定你的快乐，除了你自己

情人节那天下午，种子给我打来电话，特开心地跟我讲了一件刚刚发生在他身上的事。

他说中午的时候和一名男同事去万达广场吃午餐，吃过午餐之后一看时间，离下午上班还有那么一些空余时间，就建议去奶茶店喝杯奶茶。

因为是情人节，所以奶茶店搞活动，种子和男同事进门的时候，门口的小哥说是情侣购买，买一杯送一杯。

种子和男同事一开始没当回事，一人买了一杯，小坐了一会儿就准备去公司上班了。出门的时候小哥还笑嘻嘻地说："情侣购买，买一杯送一杯哟，两位帅哥，把你们女朋友带来呗，优惠哟。"

种子突然心生一计，一把揽过男同事说："他就是我女朋友。"一边给同事使眼色，同事一开始一脸惊愕，然后立刻反应过来做小女人状挽着种子胳膊。

小哥瞬间呆住，最后种子买了一杯奶茶，并且还送了一杯。种子和男同事在回公司的路上一路爆笑：赚了一杯下午茶，还把小哥逗得无话可说。

种子给我打电话的时候笑得特别开心，丝毫没有因为情人节自己还是条“单身狗”而感到烦恼。

我突然发现，大多数时候，只有自己才可以让自己开怀大笑，只要你有乐观面对生活的态度。

我们那一帮兄弟姐妹每年都约着在KTV一起跨年，这是我们的传统，只要单身就可以来参加我们的聚会。有一年的跨年夜没想到曼文会来，因为之前我们经常看到她在朋友圈里秀恩爱，想着单身聚会她应该是不会来了。

曼文来了之后，坐在角落里一言不发。我们大概也能猜到是怎么回事，有几个姑娘过去安慰曼文，也被曼文好意请离。我们小声地商量说让曼文一个人静一静，于是我们继续唱着跳着。

时间来到最后的倒数，10、9、8、7……2、1。新年到来了，我们开始欢呼，说着新年快乐，然后站在蛋糕面前。这也是我们的传统，跨年夜要买蛋糕，而且倒数完毕之后大家要围在蛋糕前，许下新年的愿望。

轮到曼文讲话，她迟迟没有开口，眼泪顺着脸颊掉落下来。我递上纸巾，曼文擦擦眼泪说道：“首先特别对不起，去年我单身的时候我们玩得超级嗨，看看今年，我郁闷了一个晚上，特别对不起大家，希望没有影响到大家的心情。也特别感谢大家给我的安慰，但是总还是要我自己走出来的。新年到了，又有了新的开始，我不会再这么伤心了，臭男人不要我了就算了，我还会遇到更好的。”

是啊，我们生活中都会遇见很多的无奈和彷徨，在感情中也会遇见很多不顺和难过，就算身边满是朋友的安慰，却也是起不到太多作用的。走出伤心的圈子还是需要靠自己，而带给自己新的快乐的也只有自己。

曼文后来跟我说：“善尼，慢慢地我才发现，就算有男朋友，能够在他爱我的时候得到一些快乐，但更多时间我还是和自己在相处的，所以我发现真的没有人能够每时每刻哄我们开心，只有自己才能让自己快乐。”

听完曼文的话，我仿佛也恍然大悟。好像我们曾经都把快乐寄托在他人身上，认为找一个对的人我们就会快乐。但是后来才发现，任何人都不可能完全了解我们自己的思想，而他们给的快乐也是小部分的，只有自己最了解自己，所以也只有自己知道我们到底想要的是什么，而什么又会让我们更快乐。

曼文说：曾经认为快乐就是期待着男朋友送的玫瑰和礼物，期待着一起去游乐场、去海边吹风，如果男朋友没带她去，她一整天都不开心，玩玩手机，然后一天就闷闷不乐地过了。

多可怕啊，所有的情绪都因为一个男人，因为别人而变化。这个男人对自己好，自己就快乐，如果对自己不好，自己就郁闷。所有的快乐都建立在这个男人是否爱自己上，本就特别不靠谱。

其实自己爱自己才是最重要的。玫瑰礼物我可以自己赚钱买，游乐场海边我可以自己去，别人给的快乐只能是附加品而不是必需品。自己要学会哄自己开心，而别人如果能让自己开心是赚了，而不能，那也不要觉得亏。

林俊杰有首歌里写：“好好爱自己，就有人会爱你。”这是乐观的说词。

是啊，我不会告诉你好好爱自己，就一定会有人来爱你，但是如果你爱自己，你会找到让自己快乐的方式。人生本来就孤独，我们一路行走，找一个人陪伴过一生，应该是做一个加法，让自己的人生更灿烂，而不是说因为他而决定我们自己的人生轨迹和每一天生活的快乐与否。

要记得，大多数时候，只有自己才能让自己开怀大笑，哪怕因为在微博看见一则笑话，哪怕因为朋友的一则逗乐的故事，哪怕像种子那样把自己的快乐建立在恶搞的状态之上，哪怕就算分手也像曼文那样终于懂得一些道理。

我们遇见过很多人，有的和我们发生了一段故事，有的也就是急匆匆路过我们生命的陌生人。

他们的到来也是想找一个人获得更多的快乐，我们也要保持这种心态。

我们都是独立的个体，拥有不同的思维、想法，没有人能够完全了解你，并且把你没说出的话全都猜到然后帮助你快乐。

内心里能够让自己开心的办法只有你自己清楚明白，所以好好哄哄自己吧，就像跟自己谈了一场轰轰烈烈的恋爱，还没有情敌。

想吃的自己去吃，想买的买给自己，想给的拥抱给自己，想付出的爱都爱自己。就像曾经对那个深爱的人一样爱自己。

爱自己爱到海枯石烂，陪自己走遍世界的天涯海角，自己的快乐自己给。

没“秒回”你的消息，真的不是不尊重你

年少时，我们都认为有很多时间可以挥霍。慢慢地，我们发现自己越来越忙，总感觉时间不够用，也因此不愿意多给别人一些时间。

我有一个微信好友，不算特别熟悉的那种。有一次，他给我发了条消息：“在吗？”当时我正在写文章、录音，根本没时间看手机，大概过了几个小时后，我才给他回复。

我问他什么事。

结果，他刚开口就很酸：“哎呀，现在你的粉丝多了，越来越厉害了，也不理我这个老朋友了。”

说实在的，我和他是在一场聚会中认识的。他是我的朋友带来的朋友，我们互相加了微信，平时除了会收到他群发的节日祝福外，几乎没什么交集。

但我还是忍着一肚子的火回复他：“没有啊，我刚刚在工作，手机是静音，所以回复晚了。”

过了大概两分钟，他说：“我就是和女友分手了，心里堵得慌。你不是在做情感咨询吗？所以想让你开导开导我。不过这会儿也不用了，这几个小时过去，我都没事了。”

此时，我已经不知道怎么回复他了。

还有一次，一位听众给我发了她的故事，很长的一段。

我也是因为录音耽搁了，一个小时后，我才开始看她发来的那段故事。看完后，我给她回复，写了很长一段话，想好好安慰她，帮她出出主意。

可是我点了发送之后，聊天框显示的是，需要添加好友才能聊天。

那一瞬间我是懵的，我们还能不能愉快地聊天了，你就不能多给我点时间吗？一个小时没有回复你的消息，你就删除了我。

记得这位听众刚加我为好友的时候，说非常喜欢我的文章、我的声音，说她会一直支持我的。可是仅仅因为我晚了一个小时回复她的消息，她就彻底忘了自己说过的话。

我觉得我被删除得挺无辜的。每个人都有自己的工作生活，不可能随时随地等着你的消息，然后“秒回”吧！

月子是我大学时期最好的朋友。毕业之后，他不仅帮助家里的企业起死回生，还创办了艺术学校，发展得很不错。

他偶尔会给我发消息，有时候也会给我打电话，问问我的近况。如果我有问题，他也会耐心倾听，然后给我指导。

我知道月子一直很担心我，他的事业、家庭都稳定了，而我还单身，创业也屡屡失败。有时候我觉得他很啰唆，可我也知道他其实比我忙，但他仍愿意花时间和我啰唆。我工作的时候，可能一两天都不看手机一眼，所以会漏掉很多消息。如果漏掉了月子的消息，等我回复他的时候，他从来不会埋怨我，只是说想问问我最近如何。我想月子是真的关心我、在乎我的朋友。

那些希望我能“秒回”的人，更关心的是自己。

旭旭的故事我之前写过，如果旭旭不“秒回”，他的前女友一定会闹腾一番。可是旭旭因为工作性质，手机时常不在手边，所以他们俩经常吵架。刚开始旭旭还有耐心哄哄前女友，时间长了，旭旭也受不了，还是分手了。

旭旭和我抱怨：“就她的时间宝贵啊，我需要工作，需要养活自己。我不工作怎么带她去吃大餐、送她礼物。她就不能多给我一些时间吗？”

珍惜自己的时间当然是对的，但是也请你理解一下别人。别人愿意看你发来的消息，然后认真回复，说明别人很尊重你；别人愿意花时间和你啰唆，听你抱怨，说明别人关心你。但请你给别人一些时间，别总认为你的时间宝贵，而别人的时间就不值钱，尤其是那些你在乎的人。

在找别人帮忙的时候，别总是理直气壮的，别人的时间不是为你而存在的。哪怕别人只是给了你口头上的安慰，那也是别人对你的恩赐，请别抱怨这安慰一点不实在，你有骨气就别去找别人安慰，自己解决。

人的一生看起来很长，但如果以平均寿命80岁，以每年365天计算，一个人的一生也就29200天。

在这29200天中，每个人都有很多事要做、要长大、要工作、要谈恋爱、要结婚、要生子、要照顾爸妈，其实真的很忙。

所以时间对每个人来说都是最宝贵的，感谢和珍惜那些愿意花时间帮助你、教导你、安慰你、跟你啰嗦的人吧，他们都是真正关心你、尊重你的人。

在别人没有“秒回”你消息的时候，也请你不要那么“作”。

甚至有的人到最后都没回复你的消息，也请你不要误会，认为对方不尊重你。

对方真的只是忙得没时间看手机而已。

也请把身边那些不懂或者不理解你的人都给剔除掉吧，你没有那么多时间去“秒回”他们。

看不见并不可怕，可怕的是失去一颗追求光明的心

我九岁那年出了一场车祸，昏迷了三天，脑袋缝了十多针，还好没有生命危险。

高中的时候经历了汶川大地震，地震的时候我整个人都懵了，甚至有一种特别奇异的感觉，就好像是终于可以离开这个世界的一种解脱。但最后学校的房子没有垮塌，我们在帐篷里住了半年。但表弟不那么幸运，他在教室午睡，而那栋教学楼在地震时轰然倒塌。

除了表弟，身边的亲人或朋友也有很多人离开，二叔、奶奶，那个曾共患难的好哥们。

我终于知道人的生命，其实是不堪一击的，也终于懂得了那句“人人平等”最终的含义。其实许多人都想过这个问题，毕竟我们都不可能活着离开这个世界，但是许多人都不愿意接受这个现实，甚至不去想，以此来可悲地逃避这个事实。

我曾经幻想过离开这个世界的自己是什么状态，将是以灵魂的

方式存在吗？会不会飘荡在这世界当中，只是谁也看不见我，而我也只能在夜晚出没？

但我最终找到了答案，也许离开这世界的感觉就和睡觉一样，只是睡着之后，再也不会醒来。

我聊的这个话题有些沉重，但是这也都是实话，既然我们都不能活着离开这个世界，那么为什么不在这个世界活得更加潇洒一些呢？

我挺幸运的，和各位一样，成了我们自己。我们能够感受这个世界上的一切，花花草草或者是轰轰烈烈爱一场。别总是感叹命运怎么欺负你，你要永远相信，你是最幸运的，生命也是最宝贵的，没有了它，你怎么去看那些美丽的风景，怎么去爱你最想爱的人？

那天看到一个新闻，说是一对情侣因为家长不同意两人在一起而双双跳河自尽。我为什么没说他们殉情，因为我对他们的做法感到悲哀，我不想用任何赞美或是怜悯之词。两个人的相爱一定是为了更好地活下去，让生活越来越好，一起离开这个世界真的是最好的选择吗？那只不过是两人更早分开，是一种逃避，对彼此都是极其不负责任的行为。如果你真的爱对方，我相信你会更加爱自己，因为你知道对方会担心你的安全，你也会保护好自己，因为这样才能与对方相恋更久。

我们每一个人确实都不可能活着离开这个世界，但是我们生活的这个世界是和他人有着联系的，你一个人的离开可能会让更多人悲伤，比如父母。所以珍惜生命吧，它来之不易，它也是你和你爱的人或者爱你的人最为宝贵的东西。

我爷爷生前有次病重，家人都知道他即将离开，但是为什么最后还是要通过医院的各种手段，哪怕爷爷难受痛苦也要为之维持生命？确实有很多人说什么，既然要离开就痛痛快快的，那是因为那不是你的亲人，你可以说得大义凛然。

不管是亲人还是病人自己，其实都想在这个世界多停留那么些时日，就算难受难过，也想多说几句话，多看亲人一眼。因为舍不得。所以为了能多活那么些时日，多少人愿意承受病痛折磨和医药器材折磨？那当你身体健康的时候遇到的那点事，又能算什么？

失恋了，不过就是有缘无分，何必寻死觅活。生意失败了，不过就是一次失败，活着总还是有机会东山再起。

痛苦的日子确实难熬，那些夜晚的撕心裂肺，痛彻心扉。但当你熬过去之后，你甚至可以笑着谈起那个时候的自己，真是傻得可爱。

之前在看中央电视台的《挑战不可能》的时候，有一位姑娘名叫陈燕，她是一个盲人。虽然看不见，但是她却能用听的方式分辨出面前的是大人还是小孩，或者分辨出一些物品，甚至可以用听的方式走在大街上。这些听起来很不可思议，好像就像正常人一样，可是她曾经经历了什么呢？陈燕的父母因为她的失明抛弃了她，奶奶照顾她长大。从小奶奶就希望她能够独立，未来像正常人一样生活，因为奶奶不能陪她一辈子。奶奶锻炼她用听的方式走路做事。她小时候经常掉进水沟，撞在树上，后来还因为看不见而出车祸在医院躺了整整一年。

陈燕所经历的一切，是我们正常人所不能想像的，那些痛苦放在我们身上，我们又会怎样？她当然想过结束生命，可最后还是熬了过来，都有死的勇气了，那活着不是更简单了吗？她成了导盲犬宣传大使，她甚至用独特的方式出版了一本名叫《听见：陈燕的调律人生》的书，感动了许多人。

她说："看不见并不可怕，可怕的是失去一颗追求光明的心。"

我们当然不能和别人比谁更痛苦，我只是想说，每个人都会有那么一段艰难和不安的生活。但生活总是向前的，一切都会好起来。

况且有那么多爱你的人在支持你，你并不是孤苦无依的。如果你正在经历苦难，那么你要学会坚强，因为一定会熬过去的。

你知道你为什么不开心吗

很多年前，我和小伙伴做过一件大事，夜闯“鬼楼”。

传言夜晚的时候，那栋楼会发出奇怪的声响，类似于桌子椅子在地上移动发出的吱啦吱啦声。

那可是一栋早已经废弃了的楼房，是不会有人住在那里的，时间久了大家就管那栋楼叫“鬼楼”。

我们三个人拿着手电筒蹑手蹑脚地开始向楼梯走去，漆黑一片，只有手电的光亮。

那个时候胆子很大，但是到了现场还是会害怕，因为不知道产生声音的原因，不知道有没有危险。

我们顺着楼梯向上移动时听到了那个吱啦声，当即吓得不敢动弹。胖子安慰我们说：“继续，来都来了，想那么多干什么？”

于是我们继续向上，吱啦声越来越近，我们的心都提到了嗓子眼儿。最后我们发现，那声音不过就是因为房屋老旧，木头窗户被风吹动发出的声音。

什么都没有，我们居然是带着一丝遗憾离开的，但也从那个时候开始，我对类似的事件不再害怕。

人本能地会对未知产生恐惧，归根结底，还是因为想太多。

但如果按这样推断，那明天会发生什么事情你知道吗？不知道吧，那明天也是未知的，你会害怕吗？一般人根本就不会去想这个问题。父母总是会给我们灌输这样一个思想，说人老了，就是一天一天地活了，难道年轻人就不是一天一天活吗？甚至不是一天，而是一秒一秒地活。

每一个下一秒都有可能发生你意想不到的事情，只是你并没有在意。其实未知一直就藏在我们生活当中的各个角落里，甚至每一秒的时间里。

如果你每天都在担心下一秒会发生什么，那完蛋了，你的生活将会是一团乱麻。

那天跟旭旭开着车兜风，他最近和媳妇闹得厉害，我陪着他去给嫂子买礼物，中途聊到瑞哥。

旭旭说，我挺羡慕瑞哥的，他好像什么都不怕，也不担心什么，该工作就工作，有什么喜欢的东西就等着发工资买，不够的话就攒着钱，存够了再买，过得没心没肺，真潇洒。

我很赞同旭旭这话，因为瑞哥想得不多，所以他很快乐，他从来没有夜里失眠或者大半夜打电话让我们陪他喝酒抒发感伤的。而旭旭成天为了工作而烦心，为了媳妇开不开心而烦心，曾经还因为这些琐事和自己想太多患过焦虑症。

其实我有时候也和旭旭一样想很多，担心自己能不能成功，担心自己能不能遇见对的人，总是患得患失，特别是在夜里的时候，总是觉得孤单，觉得压力很大。

想太多，你就不会开心，所以想太多真不是什么好事。

有人会认为如果想得不多，那就是不上进，对人生不负责。

那你看看瑞哥，他什么都不想，就是好好工作然后赚钱买喜欢的东西。

他一样有在努力，而且一天比一天好。他甚至在偶然的情况下邂逅了一位姑娘，现在两个人相处得特别好。

想那么多，不如踏踏实实做点事。

小夏就是典型的思想的巨人，行动的矮子。他可以天花乱坠地给我描绘着未来的蓝图，说自己会成为一流的设计师，然后我找他帮我设计个电台图标，他却捣鼓Photoshop一个下午，看着他那生疏的软件操作，我就没抱什么希望。

前两天他又有想法了，说是要一起做个什么会计师事务所，说是咱们整一个店铺，随便装修一下，招几个会计，然后去各个公司联系联系，给各个公司做做账，每个月都可以小赚一点。

我说那你有本钱吗？他说没有；我说你做市场调查了吗？我估计这事务所咱这地方早就饱和了，他说没做。我说，你一边凉快去。

你可以有梦想，但是千里之行始于足下。想做生意，你至少得有本钱，也得好好学学基本的税务和适当了解下行情吧。至少你得有做生意的基本头脑吧。后台有朋友问善尼：“怎么能够让声音变得好听？”

我说：“通过练习就可以，我以前声音不是这样的。”

他说：“有啥捷径不，你教教我呗。”

我说：“没有捷径，我练了九年，每一天都练声，每一天都念文章，看书的时候我会跟着念出来，听音乐的时候会跟着音乐寻找说话的语感。”

他再没有回消息。

哪有那么多捷径，每一个奥运冠军背后都是十几年的刻苦训练。那些白手起家的生意人，难道不是从小生意开始慢慢积累经验和财富，才最终走向人生巅峰吗？

再说说关于男女谈恋爱这件事，明明对方就是和朋友出去吃个饭，你还非要问有没有异性。你说你是不是想太多？有异性怎么了，你不相信你对象是不？脾气好点的，就跟你解释那只是同学不熟，脾气差点的上来就跟你吵：“你干吗不信任我！”

对方真要离开你，你十头牛都拉不回来，你想那么多并没有什么用。只要你平时对对方好，积累了良好的感情基础，你能怕对方和异性吃个饭？

我朋友娜娜每天都检查她老公的手机，各种社交软件翻个遍，她老公最开始还跟她吵，后来也就习惯了，还好她遇着个有耐心的男人，不然谁受得了天天回家像犯人一样被老婆审问。

可是，就是这样，娜娜一天到晚还是郁郁寡欢的，总是想太多。我也总告诉她：“你老公好着呢，你想那么多干啥？”她听不进去，所以不开心，那我也没办法。

顺其自然这四个字好像说得有些不负责任，但是它确实是好心态的一剂催化剂。你想得不多，你就可以安心度日，就像我爸经常给我妈说的：“你愁啥？天塌下来当被子，再说还有个子高的顶着呢。”

多乐观豁达的人生态度！

所以人活一辈子，最好丢掉对未知的害怕，因为该来的始终会来；也丢掉对另一半的怀疑，因为你永远叫不醒一个装睡的人，也永远赶不走一个深深爱你的人。

可你为啥总是不开心呢？就是因为你想得太多了。没有发生的事情你担心它干啥，好的坏的总有安排，而且你把眼前的做好了，之后的结果我相信总不会太坏。

明天要去相亲了，你拿出最好的状态，穿着整齐干净，去就行了，有眼缘聊聊，没感觉也礼貌地挥手说再见。

明天参加产品发布会，你得为大家介绍产品，那之前你做好了PPT，在脑海中排练上百遍，发布会的时候正常发挥就好了。

明天要比赛了，你就放松心态，拿出最好的状态，努力拼搏就好。

想那么多没用的，还是那句话，活在当下，就是对生命最好的负责。

你为啥不开心？作！为啥不顺？想太多！

试着爱上现在的自己

我们曾经梦想着从理想的学校毕业，找到一份不错的工作，尽情释放自己的才华，还有遇到一份刚刚好的爱情。

但是长大以后，也许我们只会找到一份普普通通的工作，谈一段分分合合的恋爱，生活呢，也过得将将就就。

偶尔我们会自问，现在的自己真的是当初想象的样子吗？我们怎么变了，变得世俗，也将自己说话的音量调低，懂得了低头，也知道了，原来很多人和自己一样平凡。偶尔还会怀念过去那个单纯的自己，也会回忆过去那些美好的过往。

在那个穿着校服的年代，我们没有那么多需要思考的东西，也许每天最重要的事情就是想中午要吃炒饭还是牛肉面。常常想到焦头烂额，甚至用抓阄的方式来决定。

年少时都会有偶像，不管是谁，他总会变成我们的动力，会让我们有一个大大的梦想，见自己的偶像，并且当面说一声，我很喜欢你。

每个人的青春里，也一定会有你暗恋的人，他也许是你的班长、队长、同桌，或是坐在前排的马尾少女，或是坐在后排的调皮少年。

每天做广播体操的时候可能是大家最幸福的时刻，因为可以光明正大地看着暗恋的人，突然感觉离那个人好近。上课铃声响起，有些失落地回到教室，但还是有那么一份期待，自己能够认识那个人，或者和那个人发生一些什么故事。

爸妈口中总是出现“别人家的孩子”，总是嫌弃你，总说你要是有别人家孩子一半好就好了。

小时候其实每天都过得挺无聊的，做的事情也特别蠢，可是为什么那个时候的我们会那么开心，笑得那么肆无忌惮？

前两天是我生日，本没想着和朋友一起度过，因为戒酒一年多时间了。

旭旭打电话问我咋没动静，我说今年生日就不出来玩了，旭旭说，那我请你吃火锅吧。

四川有很多那种小火锅店，小桌子，小板凳，露天的。菜品都是自己拿，有点像自助吧，最后老板算账是数有多少个盘子。

恰哥也来了，这个生日没有那么多朋友，就俩兄弟陪着我，而且还不是我请客吃饭，这种感觉挺有意思的。

整顿饭下来，也没见他俩说句生日快乐，反正就喝着雪碧吃着菜，席间聊到了曾经。

我们三个是初中同学，算起来，认识十二年了。聊到初中的一些事情，三个人傻傻地笑了很久。

每个人都有那么几个好朋友，他们总是损你，总是不看好你，但是一有什么事总会想到你，也能够记得你的生日。

我很喜欢这样的状态，除了工作以外，能偶尔和兄弟们吃个小火锅，撸个串儿，谈谈过往吹吹牛。

这都是你我平时的生活。

说实在的，没有那么多人的生活和人生是精彩无限的，总得回归平凡。就算有很多人看过我的文章、听过我的声音，但是我跟旭旭、恰哥炫耀我文章有几百万阅读量，或者电台播放量达到几千万的时候，他们还是骂我“智力障碍者”。

我也不生气，觉得挺对的，我没有那么与众不同，只是大家做着不同的职业而已。

虽然我们也总是怀念过去的美好，但那一切都是回不去的，人都是要长大的，随着时间离曾经的自己越来越远。

也许有很多人说你变了，和以前他们认识的那个人相差甚远。这也正常，都会变，随着时代随着时间。

其实你没必要总是怀念过去，也不用总想着为什么没有成为理想的样子。你现在的样子挺好的，只是你没有爱上你自己。

但大多数人都是这样，包括你眼中的我，包括那些明星。他们的光鲜亮丽是在工作当中，生活中的他们也会和朋友一起吃饭、逛街，陪家人看电视。

青春的懵懵懂懂固然美好，但是此时此刻也刚刚好。不管你想要孝顺父母还是想要深爱你的爱人，前提是你都得爱上自己。

曾经看过一个故事。

一位三十岁的男人为了整个家庭，拼了命地挣钱想让父母、妻子、孩子生活得更好，却不想因为过度劳累，三十岁就离开了这个世界。

他认为他为家人付出了一切，理当去天堂的，却不想来到了地狱。他很愤怒，非常不服这样的判决，他质问天使这是为什么。

天使拿出一面镜子，他从镜子里看到了他的父母因为他的离去，拖着年迈的身体外出打工。妻子承担起照顾父母和孩子的重任，不仅要工作还要把家里照顾妥帖，常常累得直不起腰杆。而孩子因为没有了父亲，被学校里其他的孩子欺负，孩子只能哭，自己却无能为力。

男人懂了，因为他没有好好爱自己，因为自己的离开让家人承受了巨大的痛苦。如果再给他一次机会，他一定会先照顾好自己，因为自己不能倒下，不然身边的亲人会难受、会难过。

我们都有梦想，但是实现梦想都是要一步一步走出来的，未来的你也许光芒万丈，但是你总得经历卑微的当下。

你要学着爱上现在的自己，因为现在的你才是真实的你。

看看镜子里的自己，这个世界上独一无二的你，别总奢求别人来爱你，很多时候只有自己可以给自己温暖，自己给自己安全感。别人只能促使你变得更好，只有自己能给自己力量。

爱上了自己，才有能力爱别人。不是吗？

如果事与愿违，就相信命运一定另有安排

我是无神论者，但是命运又奇特地让我感觉在冥冥之中有什么特殊的力量在牵引着我们。我们会惊奇为什么会遇见某个人，会有惊奇事件的巧合。或许一切的一切都有安排，如果事与愿违，就相信命运一定另有安排吧。

前两天和家人看电视，看到一位叫刘涛的无臂男人，他4岁的时候因触碰高压电而失去双臂，这是命运给他的重重一击，还好他没有自暴自弃，他乐观独立，他学会了用双脚吃饭、写字，甚至用双脚剪纸赚钱，维持家用。三年前，他学会了用脚弹吉他。他虽然失去了双臂，但是他还是找到了爱他的人，并且结婚生子。

或许命运对他总有不公，后来他老婆和他离婚，留下儿子陪伴他，但是他依旧努力生活，两年前，遇见了一位90后的漂亮姑娘，下个月他们将举行婚礼。

命运给刘涛卸去手臂，甚至夺走爱人，但是只要他不放弃，未来都会有所安排，他依然拥有美好的生活，也遇见了一位真心爱他

的姑娘。主持人问姑娘，为什么选择了刘涛，姑娘一瞬间泪流满面，扑倒在刘涛的怀里。

也许这眼泪告诉了我们，她的爱真挚且深沉，我们不需要知道太多的故事，但是命运给了刘涛新的安排。

两年前黄磊给女儿们写了一封信，那个时候多多才8岁，小女儿不满百天。

黄磊说："你们注定要成长，无论是练琴还是不练琴，上学还是不上学，只要吃饭和睡觉就会长大成人，不可逆转，并且也终将老去，一如我们。既然时光留不住、不可逆，我们学会什么也就不那么重要了，请谅解我的无趣与悲观。你们即使会的不多或者一事无成也不必难过，没有世俗认同成就的人是多数，你们不必成为少数，平凡最好。"

我们大多数人都是上帝所说的普通人，我们不是超人，很多生活中，工作中的事情总会遇到困难，不可避免的，也许你达不到你想到达的高度，你也许还没有实现你的梦想，这都正常，这些都是披荆斩棘之后才能有机会看见的阳光。

也不必感叹自己的平凡，其实人一生中最重要的不过一个"情"字，人生来孤独，不过就是在一生的旅途中寻人做伴，为了就是不孤独地上路，也不孤独地离开。

平凡或许才是最美好的日子。

马云说过一句话："这辈子最大的失败就是创建了阿里巴巴，不然的话，我就会选择任何一个国家，然后简单平淡地度过一生。”

年轻的时候，我们都以梦为马，想要驰骋在这苍茫的世界中，而当你越来越看清楚这个世界，你会发现，有时候静静地坐在阳台喝一杯咖啡就是最幸福的事情。

我在最艰难的时刻饿过三天的肚子，睡在公园长椅上，明明打一个电话给家里，银行卡里就能多出好几个月的生活费，而那时我年少倔强，想要靠自己生存下去。

也幸好有过这样的经历，才让我懂得了生活的不易，也让我懂得了坚持和努力。

三天之后我的一位朋友收留了我，他也过得艰难，他住的地方没有装修，整个屋子就一盏台灯一张床，我在他那里打了1个月的地铺。

后来依然没有打电话求助家人，我找到了工作，也养活了自己。

我们不用感谢遇见的苦难，但是不得不承认，这些经历让我们成长。

在我前几年做老师的时候，经常给学生们讲，年轻的时候吃点苦真不算什么，当然这苦不只是说没有饭吃没有住处，其实上学或者学习某些技能也算是吃苦。

毕竟躺在沙发里看电视和坐在书桌前念书相比，每个人都会觉得念书会更苦一些。

你现在的成就和地位，以及你每月赚取的金钱，都和你的曾经有关，所以别老抱怨什么命运不公，其实这都是你自己的造化。

生活工作中如此，感情中也一样。

小优是我的学生，前几天给我发来请帖，说是要结婚了，我很惊奇，一年前她还找过我，因为谈了5年的男友突然分手，她想不开，有些抑郁。

我给她做了些心理疏导，也因为她自身心理素质还不错，渐渐地恢复了，现在想想，也和她现在的老公有些关联。

小优分手后三个月就和她现在的老公在一起了，她老公和她认识多年，其实一直在等她。她老公就是所谓的蓝颜知己，在小优任何有心事的时候都会陪着她，最终也俘获了她的芳心。

所以很多谈了很多年恋爱却分手的情侣，会发现女孩很快就结婚了，其实并不是报复，很多女孩是真的那时候才发现，真正对她好的人其实一直在等她。

一段感情当中，最初不过都是因为聊得来，走到一起，而后来所谓的相爱不过就是习惯了对方的存在，就算分开，时间久了或者说遇见了更合适的人，依然会继续新的恋爱，那些想不开要死要活的不过也就是一时冲动。

如果你能把生活和感情的事情看得透彻一些，也许就能正确地面对生活和感情的苦难。

人也要学会接受现实，比如他已经不爱你了，或者人终将老去。

别活在自己的幻想当中，如果能活得清醒一些，你就能找到属于你生命的意义。

之前接触了很多患有焦虑症或者抑郁症的人，和他们有过很多次交谈，他们对人生总是悲观的，认为一切都不会美好，所以就不好好生活、不好好工作，于是他们认为的不好的事就通通发生了，这是一个死循环。

为什么很多焦虑症或者抑郁症的患者会通过“森田疗法”而渐渐恢复正常。因为这种疗法总的来说就是一点，相信顺其自然，自有安排。

听起来是有点不负责任，但事实确实如此，重要的是，只要你能积极地面对生活，能够尽量地触碰美好，那一切都会慢慢好起来。

人的回忆就像是一座城堡，随着时间慢慢腐蚀，有一天它会变成废区，我们只能不时地回望，然后渐行渐远，如果你停留在那里，你终将和它一样，深埋地底。

如果事与愿违，就相信命运一定另有安排。

一句很俗的话：爱笑的女孩运气总不会太差。也是有道理的，你的心态决定了你的全世界是什么样子。

乐观地面对生活中的一切，然后等待幸福降临。

当你不再问自己这个问题的时候你就懂了

我很喜欢一个字，叫“悟”。

我经常问自己一个问题：你快乐吗？

第一次问自己这个问题的时候是我大学毕业的第二天，那个时候我没有像别的同学一样，在之前学校举办的招聘会中找到未来的方向，因为我没去参加。

那个时候我正遭遇失恋。大学毕业，她说她得回家照顾爸妈，她不能陪我浪迹天涯，我知道这就意味着分别。我认为这都是借口，她只是受够了我，想要逃离。

我也想过毕业之后去她所在的城市，可后来冷静下来发现她已经不爱我了，我苦苦追寻也不过是自讨苦吃，于是我看着她的背影渐行渐远，直到消失在我的生命里和通讯录里。

毕竟经历了四年的时光，不说爱之深切，至少是习惯了她的存在。她离开的第二天，我感觉像是丢了什么一样，总是想找到她，可是我知道我弄丢了她，这是再也找不回来的。

于是我问了自己："你快乐吗？"

很显然，我不快乐，所以我要理智地改变现状。我开始转移注意力，毕竟毕业之后的我也该为自己的未来做打算了，之前的事情已经过去了，我再怎么不能释怀也只能在夜晚独自流泪，并不能改变什么。所以我开始重新鼓起勇气，面对新的生活。

第二次问自己这个问题是在我对第一份工作不满意，在是否辞职之间徘徊不定的时候。

我的第一份工作并不如我导师所想象的那样，是一份与我播音专业对口的工作，比如做个电视台主持人或电台主播。我应聘到一家音乐制作公司，开始成为一名编曲，我将我的兴趣变成了工作。

可是这里的工作内容和我最初的想法有太大的差别，我并不为明星大咖制作专辑，而是为不同公司的老总写企业歌曲，歌曲的风格类似于"团结就是力量。"这种，这不是我喜欢的作曲风格。而且每当我拿着做好的歌曲给老总们验收的时候，他们总是指指点点，觉得什么地方都不好，要改这句歌词，要改那句的曲调。

写成一首企业歌曲，公司可以赚好几万，我一个月能写好几首，而最后我的工资卡里每月只有2000元。这种强烈的反差，一直在不断地刺激着我。

最后，我问自己："你快乐吗？"

显然，我一点都不快乐，我感受到了工作当中各种各样的刁难，以及付出和收获的不对等，我决定辞职。

这个时候的我其实还是很迷茫，我踏上回学校的车，认为回到最初的地方是否就可以有些灵感。我向导师诉苦，他说这都正常，当你把兴趣变成工作，你会发现，它不会像你所想象的那么完美，它存在着太多的变数，你如果不能接受，那说明你不适合把兴趣变成工作，不妨去电视台、电台再试试。

我听从了导师的建议，并最终在一家电台获得了实习资格。刚毕业的我或许没有经验，但是我已经拥有了创造价值的能力。在电台工作的日子里，我每天都录制当地新闻，也努力争取给自己排好几个小时的直播节目。

我努力工作，勤勤恳恳，领导承诺三个月后转正，但是半年过去了，领导一拖再拖。而且仅仅因为我实习生的身份，工作半年，我一分钱工资也没有拿到。我已经毕业半年时间了，每天还拿着父母给的生活费，那个时候一度觉得自己真无能。

我说我想辞职，父母让我坚持。

于是，我第三次问了自己："你快乐吗？"然后我辞职了。

辞职之后我开始做起了主持人，各地跑活动，勉强维持了生活。至少不用向父母伸手要钱。

同时我也开始做网络电台，讲述一些我的故事，直到收到第一条听众的评论。

他说："我也刚毕业，我们的经历差不多，一切都会好起来的，加油。"

我曾经以为网络太虚幻，始终不能百分之百投入，但他的这条评论，就像一道闪电，击中了处在混沌中的我。很多人都和我一样，经历着各种苦难，但是依然坚持努力着。

这个时候我问自己：“你快乐吗？”

我回答，我快乐。

其实此刻的我依然承受着生活的重压，以及父母的不理解，优秀朋友的对比……但是我却很快乐，为什么呢？

因为我找到了心灵的慰藉。

你说有绝对的快乐吗？我认为也许没有，因为生活中总有不顺心的地方。再加之人性本能的不满足、不知足，无论你处于什么阶段，你都有自己想要的东西，那些说知足常乐的人基本都做不到这一点。

虽说没有绝对的快乐，但是却有相对的快乐，或者说，有关于时间跨度的快乐。

真正的快乐就是有一天，你不再会想要问自己这个问题。

小和尚问师父：“我什么时候可以出家。”

师父说：“当你不再考虑要不要出家的时候。”

我将不负使命，勇敢前行，不过就是翻山越岭，披荆斩棘。

我依然在“悟”。

美好的东西都是免费的

念大学那会儿，家里的条件不好，而艺术院校的学费是普通院校的几倍，爸妈给我交学费都特别艰难，每个月除了生活费以外别想再有余钱买其他自己喜欢的东西。

那会儿我用的手机还是只能打电话和发短信的小手机，很多同学都开始换好几千元的苹果4S了，我特别羡慕。不过我那会儿还算懂事，不会找爸妈要钱买手机。

我其实真不是喜欢苹果手机，只是因为当时没有得到，就觉得那是自己的一个目标，我以后一定要赚钱自己买。以为买得起苹果手机，就是一种成功，我也会感到幸福。

这就是一种虚荣攀比的心理，这个结一直埋在我心里了。

工作之后，苹果手机已经发布了新机型6Plus，我果断买了，然后还买了一部4S补上曾经的遗憾。我还不知足，又买了两个平板电脑，还计划着买苹果的电脑。

结果真的用上苹果手机之后，我并没有什么太多的幸福感和满足感，甚至觉得这是理所应当的，买得起了为什么不用。

我开始思考，钱真的能够买到幸福吗？

答案肯定是能，但是只能买到短暂的幸福。就像我们在淘宝购物，清空了购物车，那一瞬间我们是幸福的，后来收包裹的那一瞬间是幸福的。之后呢，我们有时还会后悔自己为什么买了这么多并没有太多作用的东西。

曾经家里条件不好，我一度以为只要我挣钱了，给家里换了大房子，给爸妈买了漂亮衣服，带爸妈到处旅游、到处吃大餐，他们就能幸福快乐，我以为美好都得用钱才能实现。

后来我发现，我在外地挣再多的钱，妈妈打来电话的时候依然带着哭腔。她不会问我工作上的事情，她只会叮嘱我要照顾好自己的身体，天冷加衣，好好吃饭。妈妈说家里一切都好，妈妈总会问我：“什么时候有时间回家。”

那一刻，我眼泪就掉了下来，于是我偷偷买了回家的车票，我没有告诉爸妈我回家的消息。

晚上饭点到家，打开房门，爸妈一脸惊喜地看着我。

我看着桌上的饭菜，非常简单，就一盘土豆丝，一盘炒青菜，一碗番茄鸡蛋汤。妈妈说：“你回家怎么都不说一声，妈妈都没来得及做你喜欢吃的菜，叫你爸出去买点菜。”

原来我不在家的时候，爸妈吃得那么简单，而只有我回家的时候，饭桌上才会有红烧肉、回锅肉、烧鱼、炖猪脚。

这个时候我明白了，钱并不是幸福的制造者，它只能是辅助。对父母而言，美好和幸福就是子女们能早点回家和他们团聚。

昨天夜里，我打开自己的微信朋友圈，开始往前翻，翻了很久终于翻到自己四年前在朋友圈发的第一条微信。我开始一条一条地看过去，只是觉得之前的自己很傻很天真，也很快乐。

跟兄弟们野炊，旭旭开着他的大皮卡车，拉着烧烤架，我们烤肉、钓鱼，一群人有说有笑。

去乐山旅行，拍下的一些搞怪的照片。我把照片发给当初一起同路的朋友们，他们都咯咯地笑，说当初的自己好傻。

我发现过去的回忆能够让我感到幸福，它们也是如此的美好，这个不用我花钱，只需要回忆，我就能得到满足感和幸福感。

其实很多时候美好是免费的，也并不一定要付出很多才能得到，其实它就在我们身边，重要的是你能否发现它。

一个陌生人的微笑，这就是美好。

朋友之间的一次小聚会，说些曾经的糗事，大口吃肉大口喝酒，这就是美好。

在你失意的时候，朋友、家人、爱人的一个深情的拥抱。这就是美好。周末的时候，不用提前设好闹钟，可以舒舒服服地睡个懒觉，直到太阳已经晒到屁股，才起床、洗漱，然后吃午餐。这就是美好。

放假回家，爸妈准备了一桌子你最爱吃的菜，一家人聊聊学习、工作，聊聊最近的某些计划，有说有笑，饭后一家人一起在河边散散步，闲聊聊。这就是美好。

在网上看到一个搞笑的视频，哈哈大笑，把视频分享给朋友，大家都乐得合不拢嘴。这就是美好。

遇见了一个人，他给了你全新的感觉，你觉得你喜欢他，突然有一天他告诉你他也喜欢你，然后你们彼此相爱，牵手一路相随。这也是美好。

我曾经写过，简单的不一定是最好的，但最好的一定是简单的。美好和幸福也是一样，它不仅简单而且还是免费的。

世界上最美好的东西不过就是家人、爱人、微笑、朋友、拥抱、睡觉、亲吻和过去美好的回忆。

这一切都是免费的，其实你早已经拥有了它们，只是你没有发现。

这一切都是免费的，也可以说它们不是免费的，因为你赚再多的钱，都买不到它们。

其实你如此富有，你拥有着这世间所有美好的东西，只要你发现了它们，它们必将和你如影随形。

从今天开始，做一个幸福的人，保持微笑，陪伴家人，去爱一个也爱你的人，去拥抱所有给过你美好回忆的人。

吃亏就是傻，从来不是什么福

大概好几个月前，那会儿公司处于活动淡季，一个月也没两场活动，自己过得水深火热的，好不容易手头有点余钱了，想买两件衣服犒劳一下自己。

突然接到一个电话。

朋友说："善尼啊，最近咋样呀，生意还不错吧。"

这朋友和我工作上还有点交集，于是就跟他胡吹乱侃了一番。

最后他好似顺便说道一样："那个，能借我几千元钱吗？明天就还你。"

他说明天就还，我想了想那就等一天再买衣服好了。

而这一等就等了将近半年。直到前一个月我开始打电话让他还钱，也不是我急需用钱，我只是觉得再怎么困难，都快半年了应该过了艰难期了吧。

结果这哥们总是说，明天就还，然后就又没了消息，这样的情况出现了好几次。

最后我给他老板打了电话，钱还给我了，用他下个月的工资抵的，他却打电话过来。

“你有病啊，又不是不还了，给我老板打什么电话，还用工资抵。”

我没说话，直接挂电话，对待这样的人该狠的时候就必须狠，也没必要做朋友。

以前长辈总是和我说什么吃亏是福，我一直都坚信，但是亏我是吃了很多，但从来没见到过福在哪儿。

学生时代竞选学生会主席，我的竞争者约我去谈谈，说是让我让让他，他说如果他做了学生会主席，以后有啥事给他说就好了，他都帮我搞定。

那我就吃个亏让让吧，吃亏是福嘛。后来他做了学生会主席，我做了副主席。然后安排各种工作让我去做，他享受着别人的崇拜，我累得半死不活。

后来毕业实习，领导说过三个月给转正，最后拖了半年也不见动静，我想吃亏是福嘛，没工资就没工资，大不了做做兼职养活自己，就一直没提转正的事。最后的结果是到我离职，都没有一分钱工资。

在成都的时候我和一个朋友合伙做生意，做商务服务公司。本来说好每人投资三万元，最后他跟我说他只有两万，让我先帮他垫着，我说行吧，我先出四万。

后来公司经营不好，倒闭了，他亏了两万，我亏了四万。

吃亏的事太多了，那会儿总是有一个概念，吃亏是福。

后来慢慢才明白，吃亏就是狗屁，从来都不是什么福。

之后又和一哥们开公司，投资不大，最后又做亏了，公司倒闭，那哥们就跑了。

他一定是以为钱不多，我不会在意。

但我直接找到他爸，把钱要回来了，我凭什么要吃亏呀？

想让我吃亏的人，从来都不让自己吃亏，那我为什么要做个好人？

小时候长辈教给我们的一套理论，似乎在我们成长的道路上一个一个地被现实pass（淘汰）了。

比如，是金子在哪儿都发光。

我一个做音乐制作的，在一个三线小城市开录音棚，谁来录歌？能赚什么钱？怎么发光？

比如，不听老人言，吃亏在眼前。

那一次我舅妈让我投资一个理财项目，说得天花乱坠，说投个十万，每一个月返两万，好得很。我才不信天上掉馅饼的事。

最后她被骗了二十万，现在一说起来还哭呢。

比如，凡事要三思而后行。

那如果我做什么都是“思想上的巨人，行动上的矮子。”什么都不敢尝试，我能做成什么？

就如同当初我要辞掉电台的工作做自媒体，身边的人包括爸妈、朋友都劝我想清楚，假如我当时意志不够坚定，现在还能赶上新媒体的潮流吗？

当然什么事都是有两面性的，不能一概而论。

总之还是得有自己的思想，至少自己做出的决定，你怪不了谁，你找不到借口不是吗？

再回过头来说吃亏这事，我凭啥就要吃亏呢？！

你这么去想，你自己吃亏了，那让你吃亏的人不就得利了？那他为什么不吃亏呢？

难道他不懂得吃亏是福的道理？他不想要福吗？

因为他聪明，他知道吃亏根本就没有福。

吃亏就只是吃亏。

所以能选择不吃亏就一定不要吃亏。

别去感谢那些让你吃亏的人。

你在这以为吃亏是福，别人在背后骂你智力障碍者。

所以该争的一定要争，强势一些的人生才能让你不受太多的伤。

我特别看不惯那些在深夜里独自舔舐伤口的人，你的伤口其实都来自你的懦弱，你连刀枪棍棒都不敢使，你不挨打谁挨打？

而在我们努力拼搏的路途上，总是有人让我们不太好受。“君子报仇十年不晚。”已经过时了，我不知道十年后会发生什么，我只知道，如果等上十年，痛苦的是我，而不是他。

我宁愿，现在就说一些话，做一些事……

我知道，无论如何，最重要的是让自己强大起来，不为小事而纠结，不为小错而懊悔，不为小怨而仇恨。

他突然死亡，却没有一丝挣扎

庄子说："人生天地之间，若白驹之过隙，忽然而已。"

世上种种事，很简单，会出现的必定出现，不会出现的如何盼望也无用，求也不得。有缘，不推，无缘，不求。来的欢迎，去的，当没来过。一切随缘，顺其自然。人世间的事情勉强终归不能如意，强求势必不会甜蜜。我们能做的就是，好好做自己，世事大抵如此，努力无怨无悔，尽心无憾。

总有一些人会在你最为脆弱的时候出现，给予你力量，让你从黑暗中慢慢站起身，开始眺望黎明的曙光。也总有一些事，会发生在你认为最甜蜜的时刻，夺走你的一切，仿佛一切幸福都是泡影，幸福戛然而止。

凌晨5点23分，整个城市还在沉睡，甚至听得到这座城市沉重的呼吸以及它心脏剧烈的跳动。空气中弥漫着诱人的清香，深呼吸，把所有繁杂全都吐出去。

很多人想要逃离这座钢铁城市，水泥砖瓦后面都是一副副冷冰冰的笑脸，人们从事着不同的职业，吃着不同的晚餐，但都是为了活着，穿梭在街道的路口，路灯下看自己的影子越拉越长，抬头能看见疾驰而过的汽车载着最后的希望在路口转弯。

收音机里传出懒懒的声音，伴着合适的音乐，讲述着不同人的故事，也许你不相信，但是什么都有可能发生，什么都可能改变。

人生有大起大落，有些事只有经历了才会懂得，我们认为自己就是正确答案，我们想把人生过得和别人不一样，到最后发现，不一样的只有你的思维，生活还是一如既往。有的时候你羡慕一只小鸟，甚至羡慕一株植物，它们并没有拥有什么，但它们也不曾失去什么。

我八十岁了，我躺在病床上开始回顾我的一生，我觉得曾经的故事可以写成一本书，但是又不知道如何下笔，因为故事仿佛也没什么特殊性，总有人和自己相同。

在我二十几岁的时候遇见了一位姑娘，她漂亮，性格单纯善良，有一头好看的头发，身上散发着一种独特的香气，说话的声音也很悦耳。我们互相表白告诉对方我们可以一起走下去，但是走多久谁也没说，但彼此心里都知道，一切随缘。

我们拥有过和别人一样的幸福，我们送给对方最特别的礼物，我们把彼此的名字写在衣服上，也刻在心里面。我们看同一场电影，我笑你哭花了脸。我们要的也不多，就是一个可以遮风挡雨的家，一张承受彼此重量的小床。

我们会为了一些小事吵得天翻地覆，又在事后平静喘息，互相安慰让对方心平气和，我们故意打碎别人家的玻璃，牵手奔跑的时候，你笑得像个孩子。

我和她最后怎么样了，我忘了，毕竟人老了，记忆力不如从前，只是隐约记得，她喜欢笑，她漂亮，她会把流浪的小动物带回家，她一头好看的头发也带着好闻的味道。

八十岁了，我有一个愿望，我想让时光倒流，重新回到二十几岁的时候，我依然会爱她，会买礼物给她，会陪她吃零食，陪她玩游戏。

可是时间回不去了，我身体越来越不好了，就像是机器的零件逐渐地老化，很多功能都已经丧失，我走路变慢了，也不能跑得起来，我行动迟缓了，我的孩子们也开始嫌弃我的邋遢。

记得我三十几岁的某一天，我把那些每天让我焦头烂额的文件扔在领导脸上，我说我不干了，我要去旅行，我要去流浪。

我去了云南，在那里我感受到前所未有的畅快，我喝了一夜的酒，和不同的人，大吐曾经的不快。那段日子我喜欢在洱海旁吹风，也喜欢在古城老街漫无目的地闲逛。

可最后我还是回来了，回到家乡，我得重新找工作，我得再一次开始曾经那让我讨厌的一切，我必须得生存下去，我需要钱才能够去超市买米、买肉、买油。

也许那次我不辞职，后来也就不会有那么多波澜起伏。

记得我四十多岁的时候，我儿子考上大学，我知道他也会离我远去，我尽量让他报考的学校离我近些，我总担心他离开我就再也不会回来，儿子最终还是远行，后来我也知道，孩子总有自己的生活，别束缚他，他毕竟不能时时陪着我，他有他自己的人生。

好在我生病的时候，他总是来看我，总是给我讲他所遇见的人，他所遇见的事。他的那些故事怎么就和我年轻时候所经历那么相似呢。

差不多前十年的样子，我六七十岁的时候，我认识的那些哥们儿、姐们儿都慢慢离开，去了另一个世界，在葬礼上我总想，我啥时候躺进去。

今天天气不错，凌晨5点23分，我吵着闹着，让重孙女推着轮椅带我去外面看看，空气中弥漫着诱人的清香，深呼吸，我也闻到生命的气息，也闻到重孙女身上特殊的香气，我让她到我的面前，我看着她。

她漂亮，性格单纯善良，有一头好看的头发，说话的声音也很悦耳。

我听得到自己沉重的呼吸以及心脏剧烈的跳动声，我慢慢闭上眼睛，一生如白驹过隙，忽然而已。

说短不短，说长不长，我们一生也许不能只爱一个人，一生总会发生很多事，那些好的坏的，美的丑的，悲伤的快乐的，满足的失落的，得到的失去的，在我闭上眼睛的那一瞬间，全都消失了。

一生，不过几十年，人生不过一场音乐会，演奏跌宕起伏，观众评论有好有坏，我不过是整个乐团里一个拉小提琴的乐手，我做我该做的，尽量演奏完美。

林深见鹿　海蓝见鲸　梦醒见你